Mio fratello
rincorre
i dinosauri

追恐龙的男孩

［意］贾科莫·马扎里奥 著 何演 译

Giacomo Mazzariol

CTS 湖南文艺出版社 HUNAN LITERATURE AND ART PUBLISHING HOUSE ⊜ 博集天卷 CS-BOOKY

追恐龙的男孩

献给我的姐妹：乔娅拉和爱丽丝

献给我的超级英雄：乔

目 录

追 恐 龙 的 男 孩

Mio fratello rincorre i dinosauri

人人都是天才。
但如果用爬树技巧来
评判一条鱼，
那么它一辈子
都会相信
自己是个蠢材。

——阿尔伯特·爱因斯坦

一沙一世界

一花一天堂

一手纳无垠

一时即永恒

——威廉·布莱克《纯真预言》

总之，这个故事，属于乔万尼。

乔万尼去买冰激凌。
"蛋筒的还是盒装的？"
"蛋筒的！"
"可是蛋筒皮你又不吃。"
"嗯？可是我也不吃盒子呀！"

他十三岁了，笑起来嘴巴咧得比眼镜还宽。他会偷偷拿走流浪汉的帽子跑掉，他喜欢恐龙和红色，他和女同学去看电影，回家就说："我结婚了。"
乔万尼自个在广场中央伴着街头艺人的节拍跳舞时，就会有路人跟着他一起跳，他是可以引起全场舞动的那种人。
乔万尼觉得，时间绝不会超过二十分钟。要是有谁去度上一个月的假，那也是二十分钟。
乔万尼精力旺盛，特能折腾。他每天都会去花园采一朵鲜花给姐妹们，要是冬天来了，找不到花，他也会带些干树叶回来。
乔万尼是我的弟弟，所以，这也是我的故事。
我十九岁，我的名字叫贾科莫。

第一章

天使报喜节

首先我要从停车场说起，一切由此而来。是一个像星期天下午般空荡荡的停车场。

我不记得我们是从哪儿回来的，也许是外婆家，但我记得当时我吃得饱饱的，而且困得要命。妈妈和爸爸坐前排，我和爱丽丝、乔娅拉坐后座。阳光在树梢游走，我看向窗外，起码我本来是想这么做。可是因为我们开的帕萨特波尔多（Passat bordeaux）车身溅满泥浆，车里又装着冰激凌、果汁、大包小包、一堆购物袋和儿童车，根本看不到外面。车外面的世界对我来说，是想象出来的，就像是黎明时分快要醒来之时做的梦。我自己倒是很喜欢。

那时我五岁，乔娅拉七岁，爱丽丝才两岁。

我说过，我们是从外婆家或者什么地方回来，本来应该像所有星期天那样，回家洗个澡，在沙发上看个动画片，然后上床睡觉。突然，我们路过一个工厂空旷的停车场的时候，爸爸就像电影动作片里躲爆炸那样，猛地打了下方向盘，开进停车场里。我们都被颠得跳了起来。妈妈抓着车门上的把手，转头看着老爸。我以为她会说类似"大卫，你疯了吗"之类的话，可是她居然笑了，嘴里小声说："我们可以回到家里再……"

爸爸一脸假装很镇定的样子。

"怎么啦？"乔娅拉问。

"怎么回事？"我也问。

"……"爱丽丝眼里充满疑问。

妈妈奇怪地叹了口气，没有回答。爸爸也不作声。

然后我们开始像找停车位那样转悠起来，可是，不是到处都是车位吗？整个停车场只在最里面的树底下停着一辆破旧的大货车，发动机盖上还有两只猫。可爸爸还在一直开，好像不找到一个特别的位置不罢休似的。他应该是找到了，所以掉头开了进去。爸爸熄了火，打开车窗。谜一般的安静。车内飘进麝香的味道。一只猫睁开眼睛，打了个哈欠，摆出警惕的姿势。

"为什么停在这儿？"乔娅拉问。然后她不耐烦地看了看四周，又问，"这是……"

"……"爱丽丝眼睛忽闪忽闪。

我的父母叹了口气，用难以解释的眼神互相看了对方一眼，那眼神里似乎流动着某种奇特的能量，就像是一条明媚的彩带河。

乔娅拉往前靠了靠，眼睛瞪得圆圆的："然后呢？"

一只乌鸦飞过来停在地面，爸爸聚精会神地看了它一会儿，然后解开安全带，转过身来对着我们，方向盘正好卡在他腰上。妈妈脸上露出怪怪的表情，也照做了。我屏住呼吸，看着他们，搞不懂什么状况，心里又很好奇：是有什么不得了的事情吗？

"你说吧，凯蒂亚。"爸爸说。

妈妈嘴巴微张，可是半天说不出话。

爸爸也没有勇气开口。

然后，妈妈笑了笑说："2比2了。"

爸爸朝我挤挤眼睛："看到没？我们做到啦！"

我看看爸爸，又看看妈妈，这说的都是什么乱七八糟的？

然后妈妈摸着她的肚子，爸爸凑过去把手放在她的手上。乔娅拉忽然明白了，她用手捂住嘴巴，惊叫道："不是吧？！"

"什么？"不明真相的我越来越觉得不安，"什么不是吧？"

"我们怀孕了？！"乔娅拉一边尖叫一边举起手对着车顶乱捶。

"呃，从生理的角度上说，"爸爸解释道，"只有妈妈能怀孕。"

我捏了捏鼻子，心想："我们怀孕了？这是什么……"忽然有一道光从我脑袋里闪过、翻转，就像是滑板嗖地一下滑过，掀起灰尘和落叶，撞到石堆上又弹起来一样。

妈妈说 2 比 2，2 比 2，怀孕，儿子，兄弟。两个男孩，两个女孩。2 比 2。

"2 比 2？"我大喊道，"2 比 2？"

我打开车门下车，就像是刚完成一个凌空射门那样，跪在地上，握紧拳头，再跳起来转圈，像疯了一样围着汽车狂奔。我把身子从窗口探进车里，想要给爸爸一个拥抱，可是我太矮了，只能抓住他的耳朵。我特别担心弄错了。等我回到车里，关上门，简直乐坏了。我喘着气问："我会有个弟弟是吗？"

要是我真的有个弟弟，他该叫什么名字？他睡哪儿？我们可以一起报名参加篮球赛吗？不过没人听我说话，乔娅拉换了个位置去拥抱妈妈，爱丽丝拍着小手，爸爸轻轻摇摆跳起小舞来。那一刻，就像是车里点了一盏灯，却仿佛照亮了整个宇宙。

"好吧……真的是个男孩吗？"我提高声音到足以让他们听见。

"男孩。"爸爸肯定了。

"真的吗？"

"真的呢。"

乔娅拉可开心啦，当然爱丽丝也是。而我，百分百比她们更开心。一个新的时代要开始了，一个井然有序的世界即将来：我和爸爸不再

是少数派了。我们会是一个大家庭……超级大那种。三男三女。太公平
了。投票表决谁摁电视遥控器的时候，不会一边倒；不用浪费时间去逛
街；决定去哪个海滩度假，选择吃什么，也不会随便就输了。

那么，"车就太小了，"我说，"我们再买一辆吧。"

乔娅拉恍然大悟："难怪我们要搬家！"

爸爸妈妈前不久刚开始翻修一栋小屋，原来是为了这个。

"我想要蓝色的汽车。"我说。

"红色。"乔娅拉不甘示弱。

"蓝色！"

"红色！"

"……"爱丽丝虽然不太懂，也开心地眨眼睛、拍巴掌。

夕阳挂在空中仿佛融化的蛋黄，一只猫从发动机盖上下来，一群鸟
从树林中腾空飞出，在天上排出各种不同的队形。

"我们要给他取什么名字?"

妈妈吹头发的时候，我第一个提出这个问题。

"彼得罗利诺。"在客厅里的爸爸嘴里嚼着坚果，喊了一嗓子。

"摩乌里奥。"我回应道，不知道为什么这个名字让我老想笑。我
想的是，要是我的兄弟不是太好亲近——很有可能，人们没法量身定做

一个既聪明又不招人讨厌的兄弟——要是用这个名字喊他，至少我还能乐一乐。

"别争啦，"乔娅拉说，"要是男孩就叫他皮埃罗，要是女孩就叫她安吉拉。"

"乔娅拉……"我忍住笑。

"嗯？"

"我们说过啦：是——个——男——孩——"

她吐了口气，假装无所谓。

我觉得恐怕家里的女人们并不为将来的势力平衡而感到高兴，她们还想着要扭转局面。

"那就叫皮埃罗呗。"乔娅拉又说了一遍。

可是大家不太喜欢"皮埃罗"这个名字，马尔切洛、法布里齐奥、阿尔伯特也不行。我提议用雷莫代替摩乌里奥，但没被采用。从爷爷辈或者叔叔伯伯那里找灵感，还是没有结论。远房亲戚的名字，也没有能用的。演员或者歌手一一落选。这下问题无解了。我真的想要选一个合适的名字，因为是我兄弟的名字。总得是和我们来自威尼托的马扎里奥家配得上的名字。这可是小精灵的名字，是一个很调皮，戴尖帽子穿红衣服，一有机会就捉弄不保护大自然的人的小精灵；也是某个冬夜，干草棚里的老人家们讲的故事中的主角。

我五岁那年，脑袋里除了想名字，还有用什么代表你之类的问题。不是你是谁，你以后要成为什么人那种，而是比如说：玩具。所以，我不能光顾着高兴，还要做点有用的事情。所以第二天我让爸爸陪我去商店买礼物，买一个毛绒玩具作为弟弟的出生礼物。爸爸妈妈倒是很爽快地答应了我的要求，特别是妈妈，似乎很开心终于可以摆脱我了。因为自从他们透露消息以来，我一刻也没有闭上嘴巴。

我们可以去我最喜欢的商店了，我喜欢它的原因就是只有那里会换新的香味。

我想要一个威猛一点的动物，我打的算盘是，当我兄弟看到它的时候就像看到他自己。爸妈习惯性地让我控制好价格，因为钱来之不易。不过这次不一样，我对自己说，也许，超过那么一点也没什么，也许，甚至可以超过十二欧。很大一笔钱了，我心想。不过嘛，我的兄弟，他应当值这个价格。

我走近一个货架，仔细端详摆在上面的动物。有兔子、猫和小狗。不行，我心里就否掉了。他可不是要跟兔子玩耍的人，起码也要像只狮子，或者犀牛、老虎也行，要吗……

我看到它了。

"这个。"我指给爸爸看。

"这是什么？"爸爸拿在手里问我。

我哀叹了一下他的无知，顺便翻了个白眼。

"一只猎豹。"我说。大人怎么搞的，连猎豹都不认识。

"你确定吗？"

"就是它了。"我回答。最机敏最迅捷的动物，雄伟的身姿，庄严的神态，是猎豹，就是它。幻想一下吧：我的猎豹兄弟。我们在楼梯上追赶，在床上打闹，第一时间抢占浴室。更重要的是，我们是紧密团结的联盟，可以一起买 DVD 机和巧克力饼干，一起去篮球场。我和他，全世界都是我们的了。

那天晚上我做了一个梦，梦见我和猎豹特别合得来。我还梦见一个贴满海报的房间，墙上有些地方有写写画画的东西。我永远比他大六岁，做什么事情都比他早六年。我会教他骑自行车，教他怎么跟女孩们聊天，还有爬树。我们马扎里奥家的人天生都是爬树能手。

想到这儿，几个星期后我求爸爸带我去新家的工地看看，我想带一罐种子过去，那些都是我小心翼翼地在午饭和晚饭的时候收集来的，花了我整个春天的时间呢。之前有人告诉我，如果把水果的种子和果核保存起来，再种下去，就会长出树，所以我才从盘子里把它们都捡起来。那天我就带去了好多好多。

爸爸跟工人谈话的时候，不让我围观。我就自己在旁边转悠，把种子倒在罐子盖上，一堆一堆地分开，撒在以后可能会是花园的地方，再把它压进土里，埋好。总之，把一切我能想到让它们扎根的事情都做了。然后才溜回汽车后座，爸爸本来让我在那儿等着。

哎！

我心里突然涌起一阵恐慌，我是不是撒得太多、太密了？树们有一天会长开，它们会缠在一起，往我们住的房子生长，甚至长进屋子里，那我们不是就要住在森林里了？

爸爸办完事，回到车里正要发动汽车时，从后视镜里瞅了我一眼，我看见他皱了皱眉头，问："有哪里不对吗？"

爸爸总是这样，对我偷偷摸摸的小动作永远有第六感。

那一刻，树枝破坏墙壁的想象被我和猎豹一起生活在最梦幻森林之家的场景取代了。啊，一栋树屋。

"没……没有啊。"我搓着腿，回答说，"一切都好。"

于是爸爸开动车出发了。

树屋的念头萦绕不去，上床睡觉以后也放不下，一直想到黎明。

弟弟的名字出现了，是在超级市场想到的，这样就对了。

那天我们一家五口去超市购物，推着购物车在通道里走来走去。拿了水果、主食、洗洁剂。广播里放着外国歌，我和乔娅拉跳起我们在电视里看到的夏威夷舞蹈，爸爸趁妈妈分心的时候，就往购物车里塞巧克力棒、扁桃仁和黄油饼干什么的。

"为什么不叫二代贾科莫呢？"我突然不跳了，说道。

"什么？"妈妈问。

"我觉得……我弟弟的名字不如叫二代贾科莫吧。本来我也是大儿子，从某种意义上来说，我当然有权利这么叫，对吧？"

"不行。"

"为什么不行啊？"

"不要奇怪的名字。"

"贾科莫又不奇怪。"

妈妈翻了个白眼。

"要不，贾科莫二世，小贾科莫，年幼的贾科莫？"

"放弃吧。"

"那起码是'G'字母开头的吧。可不可以？至少我想让别人知道我们是兄弟。这可是我对他，爱的表现……"我将手放在胸口，尽可能地露出可怜巴巴的表情。乔娅拉假装她已经吐到购物车里了。

"那，瓜尔铁罗、吉安卡洛、加斯托内、吉尔伯托、朱塞佩、吉罗拉莫……"

"太可怕了。"乔娅拉说。

"停。"妈妈也受不了了。

"这样吧，猎豹！我们可以叫他猎豹吗？"

可是这会儿已经没有人在听我讲话，她们开始讨论爸爸会去哪里收尾。他一般会在我们不注意的时候，溜去某个分发试吃食物的人那里，假装很感兴趣要买，然后把盘子里的食物消灭得干干净净。

我们走到奶酪柜台的时候，我仍在冒汗。我很怕万一哪个名字都不行的话，会干脆放弃最后不给他取名字了。一个没有名字的小孩儿。以后老师会叫"他"，同学们会说"那个谁"，以后公司的老板只能喊他"你或者那个你"了。

"嘿，你们两个，"妈妈问，"想要马苏里拉奶酪还是斯特希诺奶酪？"

"斯特希诺，"乔娅拉说，"诺诺纳里（Nonno Nanni）牌的。"

我突然来了灵感。"乔万尼！"我大喊，妈妈和乔娅拉转过身来看着我，"兄弟'角'！"

妈妈抽了抽鼻子。

"啊，对不起，我的意思是'Gio'的'乔'，不是'Joe'的'角'，乔万尼，我兄弟的名字，你们觉得呢？"

"乔万尼，我喜欢。"乔娅拉说，不过我猜她是因为我同意选了斯特希诺。

"好吧，我也是。"妈妈同意了，她脸上的表情好像在说，我们怎么一开始没想到。

于是，就在此刻，在堆着小牛鲜奶酪和罗比奥干酪的超市奶酪区，一段音乐响起，爸爸跑去寻觅食物而失踪的那一刻，猎豹命中注定般的名字有了。命运，就在斯特希诺里。

那时我觉得没有什么要做的了。首先，能为他内在性格做指引的猎豹玩具我已经买好了；再来，我选了他的名字。还有什么？没了，只剩下等待。妈妈的肚子越来越大，新房子也逐渐成形，花园里的森林还没有动静，不过那需要时间。世界总是会给你足够的惊喜的。

可是。

可是有一天，某个星期天——又是星期天——我们从不知道哪里回来，大概还是外婆家。路过那个没人的停车场时，爸爸又突然转了个弯，开进去找停车位，就像上次那样，找到一个能恰到好处容得下帕萨特波尔多的位置，好宣布一个新的消息。

"新消息？"乔娅拉问。

"什么新消息？"我说。

"……"爱丽丝眨巴眨巴眼睛。

我脑海中闪过一个念头：不会是双胞胎吧。还是……我闭上眼睛，不……不可能……爸爸找好位置，挂挡，熄火，他俩都解开了安全带。在他们开口说话前，我哀求道："不要，求你们了。别告诉我说你们弄错了，别告诉我是个女孩！"

"不是的，"妈妈说道，她露出某种微笑的样子让我恢复了勇气，"我们没弄错。"

我松了口气，现在你们说什么都行了，随便什么。

"那我们为什么又要停在这里呢？"乔娅拉问。

爸妈像上次那样对望了一眼，不过肯定和那次有什么不同。依然仿佛流动的彩带河，但颜色什么的不对。就像是我们又重新过了一遍表演，导演在喊："不错，不错，不过还需要表现得再悲怆一些，明白吗？要有生活感，真实的生活感。愤怒的喜悦的、过去的未来的、冷的热的。投入内心所有的感觉。表现每一个对立面。"

咔嗒，电影开拍。

就是这种感觉。

生锈的大货车已经不在那里了，取而代之的是一辆盖着蓝布的拖车。没有猫在附近，只有两只乌鸦在玩捉迷藏。那是夏季的某一天，阳光洒满路面，树上的枝叶微微晃动。一辆车开过去，车里的音响正在播放球赛，传出有气无力的加油声。妈妈等到声音走远，才开口说话："我们有件事要告诉你们……和你们的兄弟有关。"

她说："你们的兄弟……"然后停顿了一下，"好吧，你们的兄弟将会……有些特别。"

我和乔娅拉盯着他们看了又看。

"特别？"乔娅拉疑惑道。

"哪里特别？"我问。

"意思是，"爸爸开口了，"他会……不太一样。比如，非常非常热情。有时候笑嘻嘻的，有时候很有礼貌，有时候又很安静。他有……我们可以这样说，他有他自己的时间。"

我挑了挑眉毛："有他自己的时间？"

"有没有其他不一样的，我们还不知道。"妈妈微笑着说。

"那算是好消息吗？"乔娅拉问。

"不仅仅是一个好消息。"爸爸回答。他用一种可笑的方式皱着眉头，车身似乎也随着我们的呼吸一起一伏在膨胀收缩。"比这还厉害，"他说，"是一个非常震撼的消息。"然后他打开了收音机。

来了。

就在那一瞬间，我被吓到了，因为印象实在太深刻了——关于收音机的事件。

爸爸不怎么听音乐，但是他非常喜欢布鲁斯·斯普林斯汀（Bruce Springsteen）（注：美国著名摇滚歌手），要是问他这方面的问题，他会巨细靡遗地谈起一切布鲁斯·斯普林斯汀的歌词里唱过的，生与死、爱与抉择什么的。所以当他打开收音机时，音响里传来刺耳的口琴声，车内仿佛忧郁弥漫。斯普林斯汀的歌声响起。是《河流》（*The River*）。那时候我还听不懂他唱的是什么，或者连《河流》的歌名都不知道，虽然我什么都不懂，但我感觉自己被拽入一条感情充沛的激流。我清楚地记得，不知道为什么，是一种毫不含糊的激动之情，让我想要拥抱每一个人。或许，以某种看不见的方式，我已经这么做了。我的爸爸为什么是我的爸爸，我的妈妈为什么是我的妈妈。我的姐妹们……好吧，也是。总之，由于饱含那种激情，我连她们也想拥抱。

某种不可思议的事情正在发生。

那天晚上我梦见了一个有超能力的猎豹宝宝。要说特别的话，也许就是超能力了。哇，我在梦里想着就很激动。我的兄弟会飞。他三岁了，飞得极快，他拥有像健美先生那样坚硬的肱二头肌和橄榄球员般壮阔的肩膀。我遇到火灾，他穿过熊熊大火把我救出来。我被一群四年级的恐怖分子绑架了，准确来说是四年级 B 班，我被关进监狱，他撞破墙壁来救我，并且毫发无伤，因为他的骨骼就像（无人不知的金刚狼那样）覆盖了一层钢铁。一只熊正要撕碎我，我的兄弟赶来了，像蜘蛛侠那样把我高高举起，顺利逃脱熊掌。然后他又返回去给熊带了一块牛排，免得它不高兴。我的兄弟是光、是原子、是不可预料的存在。他能躲过射向他胸膛的子弹和冷箭。还不只是这些，他还会因为救一只树上的猫咪而耽误了去救美国总统的时间。他会跳进河里捞一条纸船，他还会把掉进下水道井盖里的小车都抓出来。

绝对没错。

他，是一个特别的人。穿着紧身连体裤，胸口上绣了一个"s"（注：意大利语单词"特别的"的首字母是"s"）。三岁的他，头发一丝不乱，小鹿斑比的眼神和摔跤手的腹肌共存。他从不说废话，只干实事。随着时间的推移，我脑中对"特别"的想象不停地演变，最终汇聚成唯一一个需要较真的问题："这个家伙是怎么生出来的呢？"

"妈妈？"

"我在呢。"

我拿着一个记事本走进厨房，上面有一大堆乔娅拉帮助我写下的问题。厨房里只有我和妈妈，乔娅拉和爱丽丝不知道去哪儿了。妈妈正在切西红柿，切完扔进一个透明的碗里，然后她拿起面包篮放在桌上。收音机里传来欢快的儿童音乐。

"怎么啦？"她问。

"呃……你在有乔万尼之前都吃了什么东西？"

妈妈正在打开冰箱门的手停住了："什么？"

这时爸爸进来了。"有什么事吗？"他接着说，然后从身后搂住妈妈，在她脸颊吻了一下，"我们可以摆桌子了吗？这个本子是什么？杰克？"

"问题本。"

"关于什么的？"

"关于我的兄弟。"

"你兄弟的什么？"

"他的超能力。"

"你想知道什么呢？"

"为什么呀？"

"什么为什么？"

"为什么他会有超能力？"

爸爸清了清嗓子，把手背到身后，做出活动的样子，我听到了一根树枝被弄断的声音。"我懂了，"爸爸说，"都有哪些问题呢？"

"嗯……"我看了看本子，"我问妈妈在他们告诉她有了乔万尼之前她都吃了什么。"

　　"没错，"爸爸转过身问妈妈，"你在他们告诉你有了乔万尼之前都吃了什么？"

　　妈妈挠了挠头，说："我不记得了，可能是面条吧，要不就是菊苣。"

　　我点点头然后假装记在本子上，当然我什么都写不出来，因为来年我才上小学一年级。"你呢？"我指着爸爸问，"你多重？"

　　"八十公斤。"

　　"什么……"妈妈忍不住叫起来。

　　"八十公斤。"爸爸气定神闲地重复了一遍。

　　"妈妈告诉你这件事的时候你在哪里呢？"

　　"我们屋里呀。"

　　"你们屋里，有意思。你呢妈妈，你读的最后一本书讲的是什么？"

　　"那个故事是这样的……"

　　"好了，好的，好的，是好结局吗？"

　　"是的。"

　　"我想得没错，"我一边说，同时脑子里转得飞快，在这个问题旁边画了一个小十字架。

　　妈妈拿出沙拉，分装在盘子里："我们现在可以吃了吗？"

　　"还有最后一个最重要的问题，你最近一次跑步是在哪里？"

　　"贾科莫，你觉得呢？我肚子大成这样还能跑？"

"那散步呢？"

"有的。"

"和谁？"

"弗朗切丝卡。"

"安东尼奥的妈妈？"

"是她。"

我瞪大眼睛，又问："是和安东尼奥的妈妈一起去散的步？"

"是啦，你怎么……"

"安东尼奥的妈妈刚生了一个小男孩，对不对？"

"对的。"

"他们家都是黑头发黑眼睛，但是小婴儿是金黄头发蓝眼睛对吗？"

"有这么回事。"

"这就是了……"爸爸揪着眉毛，脸上露出奇怪的笑容。

妈妈狠狠瞪了他一眼，但我完全没有在意。这绝非巧合。妈妈和一个刚生下个"不一样的"小孩的人去散步了。没错，这就是乔万尼超能力的来源。也许是妈妈们在散步或者是谈话时暗中传递出去的，问题在于以多快的速度转移的？重要的是时间还是空间？我的脑子里像是装满了桌球的电动台球桌，每一个球都是一个想法。我坐下来吃饭，连要了几次沙拉，目光凝固在远远超越一切时间和空间的某个点上。人生真是太奇妙了。

夜里半睡半醒之间，我梦见我的兄弟被装在一个小包裹里，类似打着蝴蝶结的礼物纸盒那种。我跪坐在前面，把它拿起来。当你有一个包裹在手，又还没打开它时最幸福不过了，因为那一瞬间一切都有可能。而一旦打开了，你可能喜欢也可能不喜欢。只有在手里的时候，你摸摸它，举起来猜一猜里面是什么，那种感觉才最棒！有的时候你会想最好还是别打开它，最好还是对它充满幻想。

但这样可不行。

终归还是要打开它去发现神秘礼物是什么，这才是完完全全的惊喜。

我一天天地看着妈妈的肚子想，乔就在里面。我想要这么叫他一辈子，不管是吵架还是互相算计，我这样叫他吃午饭，这样叫他来给我帮忙。也会有人像吉米·亨德里克斯（Jimi Hendrix）（注：美国著名歌手）的歌里《嘿，乔！》那样叫他。大家叫他的次数一定很多，因为他会是一个受欢迎的家伙。我摸摸妈妈的大肚子，试试能不能闻到他，要不就是看着鼓鼓的肚皮想象他的样子，或者等他踢肚子的时候感受他的存在。

同一时间，我，我们身边的世界也在变化。新房子，新车，爸爸还换了新工作。乔万尼把我们全家带进了新鲜的海洋。他就像一簇让我们绽放的小火苗。

我们要在12月初搬到带花园的独栋小屋，那个我一直严密观察进度，看森林里的种子有没有发芽的花园。搬完家的那天，我把所有房间都转了个遍，用手指从墙上划过，看看楼上的卧室、浴室、厨房，还有客厅。我又好奇地跑到酒窖里研究了一下壁炉。家里还有股木头和油漆味。

我从盒子里找出猎豹毛绒玩具，第一时间把安然无恙的它放进衣柜里。

新房子有了我们的生活气息，家人的气味、玩乐的气氛、食物的香气渐渐取代了木头和油漆的味道。冬天到了，天气很冷，甚至还下了那么几场小雪。我们在墙上挂起了装饰画和相框。我会把自己卷进沙发罩里。以前的邻居卢卡虽然见不到了，但是我已经发现附近还有其他的小孩。

有一天我走进厨房，看到一张我们五个人的照片，有妈妈爸爸，乔娅拉、爱丽丝和我，照片看上去充满了幸福。我想，这张照片里可找不到乔万尼啊，如果他以后看到我们曾经这么快活，会不会觉得没有他也没关系呢？

于是我走回卧室，从小盒子里翻出一支粗红笔，然后坐到桌子旁边，在我们照片的左边画了一个很醒目的小人，他的脸圆圆的，嘴巴一笑就咧到耳朵旁。我坐着没动端详了半天，终于知道缺少了点什么。我又拿起笔，在乔的肩膀上画出了超级英雄的披风。

我记得很清楚，是 12 月 7 日。

因为那天下午，乔万尼出生了。

第二章

一百八十个毛绒玩具

他就在这儿。在新家的新摇篮里。他穿的黄色婴儿服是乔娅拉最先穿过的，然后是我和爱丽丝。他从毯子里伸出小手小脚，目前看来是一切正常的。但是他的小脑袋和小脚所披露的事实，我慢慢才会理解。我带着我给他买的猎豹过来，却并没有把它放进摇篮里，而是紧紧夹在腋下，为什么呢……好吧，我也没法解释是为什么。

"他是从哪儿来的？"我小声地问爸爸。

"什么从哪里来的？"

"肯定不是我们星球的吧。"

"我们不是说过了嘛，"爸爸用温热而坚定的双手紧握住我的肩膀，我发誓，那一瞬间，我觉得可以去世界的任何角落，对抗一切事情，"他可是不一样的哦。"

我点点头。

首先，他的眼睛看上去像是中国人，不然就是金星人，我没法下结论。不然要么是来自闪闪发光的水晶星球，要么是从布满沙砾的星球窜出来的，要么就是来自天空中挂着十个紫色月亮的星球。我眼睛的大小也有点偏东方人，要不然我们怎么是兄弟呢？不过他显然比我更东方。接着是脑袋后面，那里平坦得就像是用来降落微型宇宙飞船的跑道。如果他双手双脚着地在地上爬，脖子那块都能当托盘用了。

但是我最惊讶的还是毯子下面露出来的脚指头，抖起来就像是带了电的弹簧。不过，为什么乔万尼的脚指头只有四个呢？或者说看上去是五个，但是第四个和第五个脚指头就像奇巧巧克力那样，连在一起了。

"另一只脚，"我指着那儿问爸爸，"也是这样吗？"

爸爸说："对啊，好玩吧。"

我耸耸肩膀。我可不觉得好玩，反而让我有点好奇。但最后我想，我最好的朋友安德烈也有点特别——严格来说，他最近才重新成为我最好的朋友，因为之前他做了一件错事，让我们班的女同学拉维尼亚说是他的女朋友，而不是我的……反正就是这个家伙，他长了一对没有耳垂的招风耳。我心想，我们每个人都长得不一样，说不定少一个脚指头会让乔万尼在踢球时更厉害呢，就像是用没有缝隙的球鞋来踢才更好。我们做不同事情的时候，用不同的能力可以做得更好。我觉得掉落凡间的天使，一定是将他们的翅膀藏在羊毛大衣底下的。就像 X 战警里的独眼巨人激光眼，他不是也要一直戴着太阳眼镜嘛。乔万尼会像别人一样穿鞋、穿袜子，只有在足球比赛中才会脱掉它们，这样当他在禁区起脚射门的时候，就可以用他的特长让守门员目瞪口呆了。我从胳膊下拿出猎豹举起来给他看，然后放在他眼前。

妈妈说："还要过段时间他才看得见呢，现在不行。"

"眼睛也有问题？"

妈妈笑了，她说："所有小宝宝生下来都是这样的。"

"是吗？"

"当然。"

我放心了，把猎豹再离他近一点，装作亲了他鼻子一下。

不管怎样，他是中国来的也好，还是从东方外星球来的也好，都让我激动不已。接下来只要是爸爸妈妈离开他的时候，我就会凑过去，用嘴巴发出拉长的声音，主要是用元音组合出类似中、日、韩语言的那种语音和语调。我会站住，盯着他看，然后露出一个大大的假笑，发出一连串经常从收音机听到的叽里呱啦的声音。

有一天，爸爸突然悄悄地站到我背后，问："你疯了吗？你在做什么？"

我才不会被他的无知打扰到，我压低声音对他说："我在跟他交流。"

"有用吗？"

"这需要时间。"

"好吧。"

"不过刚刚他有反应了。"

"真的假的？"

"真的。"

"他做了什么？"

"他把手指放进鼻孔里。"

"噢！"

"一念到'u'和'a'的时候他就会这样做，像这样……"我发出"呜呜呜——啊啊啊——呜呜呜——啊啊啊"的声音。

乔咯咯大笑起来，然后把手指捅进耳朵里。

"看到了吧？"

爸爸说："所以，你说'u'和'a'的时候他就会把手指伸进鼻孔或者别的什么地方？"

我激动万分地点点头："是不是很神奇？"

"继续吧，"爸爸说，"别放弃。"

我开始密切关注他的一举一动，就像是中了邪一样为他着迷，我想要搞清楚这个家伙到底是由什么构成的。一旦妈妈走开去散个步，或者去收拾什么闲置的东西，就算她只是转个身，比如整理个抽屉之类的，我就会像《星球大战》里的侦察卫星那样朝他冲过去。

某个飘雪的下午，我问妈妈："我能问你一个问题吗？"她正在那间大的蓝色浴室里，不准小孩进去，是爸爸刮胡子、妈妈化妆的地方。我躺在床上，手托着脸颊，像往常一样看着乔。

"问吧。"

"你们为什么会这样？"

"比如什么？"

"生出中式的。"

"其实有南美款或者东方款可选，你知道，现在不是流行红灯笼、花卉图案和寿司嘛，"妈妈从浴室里探出身子问，"你更喜欢墨西哥风格吗？"

我叹了一口气，瘫倒在枕头上。

"所以，不好意思了。"妈妈继续说道，"你不是在研究乔为什么特别吗？你还记得吗？那天你丢给我和爸爸的问题……我们之前吃了什么，我去和安东尼奥的妈妈散步……然后呢？"

"然后什么？"

"你什么也没发现吗？"

"一点点吧。"

妈妈从浴室出来，打开箱凳，拿出毛巾。她用一种温柔又深沉的声音说道："贾科莫……"听起来她就要说出真正的真相了。"生命中有些事情我们可以掌控，有时事情必须要学会接受。生命远比我们伟大，它既复杂，又神秘……"妈妈每次都是这样，一谈起生命什么的眼睛就会闪闪发亮，她接着说："我们唯一能选择的就是爱，爱是无条件的。"

这时乔娅拉走进房间，坐在我身旁。"也爱他的结膜炎吗？"她插嘴道，"那有什么好爱的，得了吧……他晚上睡觉的时候打起呼噜就像飞机起飞一样。我说，你们没注意到吗？"她做了一个手势引起我们重视。

还真是的，乔一到晚上就会发出震耳欲聋的声音，不过这难道不是乔娅拉自己的问题吗？谁叫她睡在中间比较高的床上，有什么大不了的。我用带着敌意的眼神看着她，现在是维护男子汉联盟的时候了。

"舌头，"爱丽丝不知道什么时候溜进来的，也许她一直埋伏在床后面，她说，"为什么他总是伸出舌头呀？"

确实，经常能看见他把舌头露在外面。会不会是因为对他的嘴巴来说，舌头长了点呢？他也许是我们马扎里奥家第一个能用舌头舔到鼻子尖的人，而我们都不行。我们家的人不但擅长爬树，还有能力用舌头够到鼻子，也太厉害了吧。

"好了！"妈妈指着钟喊，"太晚了，我们要出去了。乔娅拉去摆桌子，爱丽丝也去。"

　　我不记得我为什么没有跟她们一起出去，不过只有我留下来和乔万尼在一起。他朝我翻了个身，我一动不动地看着他，他突然睁大眼睛，以前从来没有见过他这样。他瞥了我一眼，这时我脑海里忽然浮现出好像从井里传来的回音："我知道你们在说什么。"

　　我吓了一跳。我问："是你吗？"

　　那个声音又重复了一遍："我知道你们在说什么。"

　　"你是在用脑电波跟我交流吗？"

　　那个声音说："你们老是讨论我，别说啦。"然后他咧嘴一笑。

　　妈妈喜欢看书，所以家里到处都是书。茶几上、厨房里、沙发上，甚至浴室里也有。她的书架似乎都要被堆满的书压垮了。渐渐地我对黑塞、马尔克斯、奥威尔等人的名字也越来越熟悉，但是七岁的我能看懂的也只有书的厚度，关心一下封面是什么颜色，倒很少在意书的样式。我很喜欢书，我认为不仅是父母以身作则，把对书的爱传递给孩子们，而且这份爱在空气和食物中也无所不在。反正我常常把妈妈随手一扔的书拿在手里看一看，结结巴巴地念着书名，用手指触摸书页，或者闻闻书墨的味道。

　　就这样我拿到了那本书。

　　它的封面是灰扑扑的蓝色，我在卧室和客厅的长沙发上瞄见过好几次。

有一天我正在家里乱转，最后转到它旁边，所以我把书拿起来看了看。一看作者是个外国人，书名也是外国文字，因为有个字母"w"，意大利语里面很少有"w"或者"x"。那个单词是"Down"（注：唐氏）。我念出来的发音是："段。"它前面的单词是"Sindrome"（注：综合征）。这两个词我都不明白是什么意思。我打开它，这本书就像很多很厚的书那样，翻开的第一页里是张照片。

我吓得瞪大眼睛。心想，这不是乔万尼吗？

不，不是乔万尼。但是某些地方非常相似，相似的眼睛、脑袋和嘴巴。虽然不是乔，但毫无疑问是他们星球的人。我想，也许终于能解开我兄弟的秘密了。虽然我什么都看不懂还是接着翻着书，应该是本医学书。我一下子看到"病"这个词。"Sindrome"是疾病的意思还是别的相关的呢？我揉了揉太阳穴，肯定有什么东西是我没想到的。我把书拿起来，走到厨房去。

妈妈正用刀尖在切菜板上切辣椒，爸爸坐在桌子旁，一边看报纸一边抓杏仁吃，乔娅拉在他旁边做作业。我走进去，把书"砰"地一下拍在桌子上，虽然声音不算大，但那意思是，你们都停下手里的活，听我说。爸爸抬起头，手停在杏仁碗上方，乔娅拉把笔放下，妈妈把辣椒切坏了，掉了一段在地上。

我尽可能地装出低沉的语调说话，毕竟我才七岁，没有那么粗的声音："这是什么？"

爸爸做出思考完毕的样子，大喊："是本书！"好像他聪明得不得了。

乔娅拉咯咯笑了起来。

"我知道是本书。可它在说乔万尼的事。书里人的照片很像乔万尼。'Sindrome'是什么？'段'呢？"

"念'唐'。"乔娅拉纠正我。

"这里，说的是什么？"

"是说你兄弟正在经历的痛苦，"妈妈一边接着切辣椒，一边说，"是一位英国医生发现的一种综合征，他叫唐·约翰·朗顿（John Langdon Down），当然在这之前就存在这种病症，不过因为有他才有了'唐氏综合征'这个名字。唐氏综合征是一种病，我不想告诉你乔万尼得了这种病。我们当然也可以说乔万尼病了，但是……"

我问乔娅拉："你早就知道了？"

她点了一下头。

我很生气，感觉受到了背叛。

爸爸把手从桌子上伸过来，握住我的手。我就像被火烫到似的甩开他的手："为什么你们都不告诉我，因为我还小吗？"

"我们不告诉你是因为这不是个问题。"

"那是什么问题？"

"贾科莫，问题在于，乔万尼是乔万尼。与他的病无关。他还是他。他有他的特质，有他的喜好，有他的追求，也有他的缺点，就像我们一样。我们不说是因为我们也没有用这种角度去想乔万尼。我们心里想的不是唐氏综合征患者，"他做了一个强调的手势，接着说，"我们想的是乔万尼。不知道这样解释清楚没有。"

我看着爸爸不说话。他说清楚了吗？我不知道。我也不知道我是不是害怕了。如果他们都不为乔万尼的病情感到担忧，我为什么要担心呢？他们没有我想的那么不安。在他们说这件事的时候，不论是眼神还是手势，反而有一种特别的安详感。"那是时间的问题吗？"我突然说道。

爸爸皱了皱眉头。

"那天你们说他有些不一样的时候，提到了'他自己的时间'。整件事的重点是时间，对吗？"

妈妈说："也对。他学东西可能会慢一点。"

"像马可那样吗？"我想起我有个同学，他现在还没有学全字母表，我都会背了。

"不是的。你的朋友没有这种症状，贾科莫。如果有的话，你看他们的样子和别的方面就能看出来。"

"那种小眼睛呢？"

"……算是吧。"

"还有呢？"

"还有什么？"

"生病，会不舒服吗？"

"身体会有点虚弱。"

"别的呢？"

"说话怪怪的。"

"是发音吗？"

"不只是这方面吧。比如说起话来会有困难，不能像你一样。其他的还有很多跟你不一样。"

"还有什么呢？"

"自行车没有辅助轮的话他就不能骑。"爸爸说。

"真的吗？"

"是的。"

"爬树呢？"

"恐怕也不行。"

我闭上眼睛，心里乱得很。我叹了一口气。

"总之，他需要无微不至的帮助。是的，无微不至。"妈妈一边说，一边从洗手池的钩子上拿毛巾擦干手。我觉得她与其是对我说，更像是对她自己说的。

"有点晚啦……"从开始到现在一直保持沉默的乔娅拉说道，听我们说话的时候她就在本子上用铅笔描弯弯曲曲的小写字母。

"昨天我们去外公家也迟到了……"她说。

"不是这个意思。"

"那是什么意思？"

"就像火车需要轨道，"爸爸坐到乔娅拉身边，突然朝她挠痒痒，同时发出"咻咻咻"的声音，从肚子到胸口到脖子一路往上挠，乔娅拉笑得扭来扭去，爸爸说，"乔万尼就像火车需要轨道一样，而他的轨道就是我们。要是他来晚了，也没关系。假设你在火车上，你身边坐着一位美丽的金发女孩，有……"他做了个凹凸的手势，"晚点也没关系对吧。"

妈妈走到他身后，朝他后脑勺弹了一记。

爸爸笑出声来，乔娅拉也笑了，我都被逗笑了。西红柿肉酱的香味飘散在空中，屋外是寒风敲打家门的冬天，我脑子里有一堆问题，但是胃里有一股特殊的温暖。我不知道未来会发生什么，但这不重要。只要我们在一起。这就是我所要的一切。

这之后的某天下午，家里的门铃连响了三声。那天只有我和爸爸在家。我刚写完作业，爸爸在浏览超市的打折优惠券传单，现在我们家有六口人，但是赚钱的人只有他，当然需要留心物价。所以爸爸以一种勤勉钻研的态度在比较不同超市的价格，仿佛在琢磨金融市场价格波动、金价的浮动，或者是哥斯达黎加咖啡产地的变化状况。反正他也是经济学系毕业的。不管怎么样，门铃又响了。我喊着："我去！"就跑去开门。

我钻出门廊，看见路上有一辆黄色货车，车前面站着一位戴棒球帽的人，一只手拿着本子，另一只手拿着笔。

"是马扎……马扎里奥家吗？"他一边翻看笔记本一边说。

"是的。"

"纸尿裤。"

"什么？"

"你们家的纸尿裤。"

我就像鼻子被蜜蜂蜇了一下，连忙挺直背。"纸尿裤？"我说给自己听。然后说，"请你等一会儿。"我跑回厨房喊爸爸。

"怎么了？"

"是纸尿裤。"

"什么？"

"外面有一辆货车，还有一个人，说有我们的纸尿裤。"

"有……啊！"爸爸忽然振奋起来，"没错，他们来得挺早。没想到这么快。我们走吧。"

爸爸起身出门，和戴棒球帽的男人握了握手。那个人先是拿出好多张纸让他签字，然后打开货车的车厢门。我本来跟着他去看看，结果"哇"的一声大喊出来，眼睛瞪得老大：车里全是纸尿裤。"我从来没见过这么多。"

"你看过很多吗？"戴帽子的男人问。

"比您想象的要多。"我回答，又喊了一声爸爸。

"在呢。"

"是给幼儿园的吗？"我这么说是因为爸爸当时在幼儿园当秘书。

"不是，是我们的。"

我大笑起来，就好像爸爸讲了一件超级好笑的事。不过我发现他是来真的，就笑不出来了。我瞟了他一眼，问："你是在开玩笑，对吧？"

"没有啊。"

"我们用得了这么多吗？"

爸爸叹了口气，说："恐怕以后乔万尼还得用很长时间的尿布。"他指了指卡车旁边一个咧嘴笑的小婴儿："买批发的能省很多钱呀，所以……"

戴帽子的人从车后探出头，说："你们能帮我把东西卸下来吗？"

我们忙活了半个小时，从马路到厨房，一包又一包地运，戴帽子的男人也一起累得够呛，他上车走了以后，我们又从厨房搬到存酒区，包裹都堆成山了。

乔万尼在各个时期要用的纸尿裤简直可以盖一座因纽特人的冰屋了。

乔万尼以他的方式渐渐长大，虽然是以他的时间节奏，但总归是在长大。他学会了很多事情，比如说抓东西，在某个阶段，某个很长的阶段，他的世界只有抓和扔，没有别的。本来他是不会自己去抓东西的，就连抓紧橡皮奶嘴和奶瓶都很困难。可是他一旦学会如何运用手指，就开始用它们去抓东西。那么所有东西就变成"可抓"的和"可扔"的，我们很快意识到这两种行为是密不可分的：如果某个东西他可以抓起来，就可以扔出去。

在可以丢的东西里面，他最喜欢扔毛绒玩具——猎豹也就成了在家里飞翔的猎豹，这样的玩具有十来个，他捡起一个再扔出去要花多少时间？十秒钟？十来个毛绒玩具两三分钟就扔光了。我们也没有别的太多东西可以供他扔的。

于是有天晚上，当我在把奶酪搅拌进土豆泥的时候说："我们需要更多的毛绒玩具。我算了一下，让他扔半小时起码要一百八十个。"

乔娅拉说："要是他生日和圣诞节的时候，每人给他一个，每年一共十个。等他十八岁就凑够了。"

爸爸手拿着勺子，正要往嘴里送食物的时候停下了，说："这个主意倒不坏……"

"我们要送他毛绒玩具送到他胡子都长出来？"

"不是这个，我们想想别的办法。"

"什么办法？"

"幼儿园啊。我们幼儿园用过的毛绒玩具，都被装在仓库的袋子里，有一百多公斤呢。"

我叫着："太棒了，玩具大会啰！"

这一天终于到来了。几天后，下了班的爸爸开了一辆车回来，里面塞满了用普通黑色垃圾袋包好的东西。他下车喊我们都出来，打开后备厢，伸开双臂似乎要迎接我们的掌声和欢呼声。他指着那堆包裹，好像在等着看那些玩偶一个一个地跳出来，乖乖地沿着房子周围四脚着地排好长队。我们把它们堆进了酒窖，就放在纸尿裤的旁边。这下什么都有了：大象、兔子、海豚，还有一些不知道是什么的怪物。需要特别说明的是：恐龙——最早出现的恐龙。然后，其他东西都不存在了。对乔万尼来说，不论是海洋深处还是深邃的外太空中，没有什么比恐龙更重要的了。但那个时候，确实是恐龙的第一次现身。也许他对恐龙的热爱就是从此开始的吧。让我伤心的是，我的猎豹在一堆动物中不算什么了。不过我也觉得这是应该的。生活就是如此。不是所有猎豹都会永垂不朽。

探索之路继续开启。乔万尼就像是个百变的糖果盒，不到最后你永远不知道哪颗糖最甜。

给他吃东西就是一项艰巨的任务：你要是用小勺喂婴儿糊糊给他吃，他就会给你吐出来。我们不知道怎么会这样。所以我们在喂他之前会穿上围兜，因为他一吃糊糊就经常会吐。这不是为了保护衣服，而是关乎尊严，免得让其他人提醒我们在衣领或者肩膀上有乔万尼吐的糊糊印。

但是最奇怪的是，每顿饭只有我们当中的一个人能喂他。一开始我们以为是随机的，后来发现不是。他只吃那天他指定的那个人喂的。比如是爸爸的那天，如果他没有坐在那里，乔万尼就会吐。如果是乔娅拉的那天，她要是不在，谁也不能让他吃下去。就这么着，让我们每个人轮流着来伺候他。

我们还发现要哄他入睡的话，得把手指给他抓，他会把指甲外面的一圈皮都抓破。很疼，真的很疼。不过如果你不幸摔折了胳膊，那么给他一个吻，他就消停了。他比其他孩子学会走路更晚，不过谁在乎呢。他是以走的方式爬，就像是爬行界的国王——森林王子毛克利那样，屁股翘得老高，姿势很奇怪，但一次比一次快。他一旦摆脱了像毛毛虫那样贴在地上的爬行姿势，就变得迅疾如风了。

我们去做弥撒时，会把裹着大大的纸尿裤、屁股朝天的他丢在前几排的座位上，一旦他开始爬起来，总会一次次准确无误地回到我们的怀抱，而我们通常是坐在最后一排。整个过程对他来说就跟玩似的。

他在教堂玩得不亦乐乎，仿佛自己在月神公园游乐场。只有在阿尔弗雷多外公的葬礼上例外，他安安静静地一动不动。那年他两岁半，从未如此长时间地沉默并且全神贯注。阿尔弗雷多外公对乔的爱，深沉如大海。他总是坐在沙发上大声为乔朗读，他觉得乔能听明白的。外公住院的时候，曾拜托医生让他活久一点，因为他还想和他的乔万尼一直在一起。

乔在整个葬礼上保持静默。

很安静。

默默地听着。

仿佛在听某个人给他讲故事。

第三章

所有超级英雄都会翻跟头

三年多过去了，我升上了小学四年级，而乔万尼，终于可以去幼儿园了。不过不是爸爸上班的那家，要是让两个马扎里奥家的人待在同一个地方，恐怕不是什么好事。

上学第一天我们都去了。车停在入口，下车后看到人行道和马路上都是小孩，跑的、叫的，还有摔跤的，抱着爸爸妈妈的，当其他父母在和老师寒暄，或者和别的父母交流的时候，我们呢，我们什么都没有做。

我们就像站在世界最高悬崖上的跳水运动员一样，屏息静气。

爸爸抱着乔万尼走向大门。他转过头来的面容让人印象深刻，流露出既睿智又老练的表情，仿佛在说：幼儿园嘛，不过是小意思，我见多了。

乔万尼在爸爸怀里走进他的第一所学校。我们看着他在我们眼前长大，像见到太阳初升，又像是野花绽放，我抑制不住激动的心情，眼看他消失在幼儿园的大门内。他昂首挺胸，穿着花花绿绿的衣服，不同颜色代表我们每个人喜欢的一种，好让他觉得我们就陪在他身旁。

乔万尼那时已经不用纸尿裤了，他刚学会怎么不尿在身上，但是眼睛还是眯缝着，后脑勺也还是扁扁的，脚上还穿着矫形鞋，我不知道那些人能不能把他照顾好，因为他还是不晓得怎么走路。

这也是他度过的第一个没有家人陪伴的日子。

他带去的只有青蛙拉娜。

其实我小时候也有一个想象出来的朋友，他叫"波波"。波波小得就像小草那么高，他可以溜进关起来的房间，听到别人说话，然后捉弄我的同学，特别是安东尼奥。我跟乔万尼说过，虽然波波一直陪着我，如果他去幼儿园的时候需要，我也可以借给他。但是乔万尼不想要虚拟的朋友，他喜欢可以摸到的。所以他决定带上青蛙拉娜，作为既是他想象中的又是真实存在的朋友，每天都带去。如果你们问我那一天他是不是偶然而为，也许是的，可现在过去很多年了，到他上中学还带着。与其说是他带着青蛙拉娜去学校，不如说是青蛙拉娜带着他去上学。我们也不确定是什么时候变成这样子的。

我记得有天妈妈回来说，学校老师告诉她，乔万尼希望给拉娜也安排一张桌子、一个凳子，他还要求和拉娜一起去厕所。有的时候，想去厕所的只有青蛙拉娜，乔帮它解释的原因是，它还不会说我们的语言。更令人惊奇的是，其实乔万尼自己那时候也不怎么会说话，他最经常说的"卟切盖"（buciugheghè），没人知道那是什么意思。

老师们大概是发现了乔从教室去食堂要花半小时，才会让他最先出去。因为乔很固执，他希望像其他小朋友一样，自己去食堂而不是让老师抱着他去，但是他又还不会走，所以只能让他自己先爬过去或者爬着走过去。

直到有一天，教室门刚打开，本来要跟着乔万尼去食堂的瓦伦蒂娜老师和同事才说了几句话，一扭头乔就不见了，一眨眼的工夫就只剩老师一个人。而且也不是他经常玩逃跑那样，是真真正正的不见了。以前很快就能发现他在附近某个地方摇摇晃晃爬着走呢，但这次不知怎么就消失得无影无踪了。而且通常要么能循着他吐的痰、口水印、一只鞋子呀，要么就是能听到别的小孩被他碰倒的哭声、掉落一地的扑克牌、弄翻在地的小柜子什么的，发现他的踪迹。那一次真奇怪了，悄没声地失踪了，就连他那特殊的痰迹都看不到。

总之，整个幼儿园都要急疯了，停了所有的课，叫来了保安，都去找他了。

必须找到他。

老师们把厕所、储藏室、垃圾桶都翻遍了也没找到，直到食堂的开饭音响起，有些老师去陪孩子们用餐，幼儿园的女园长正要打电话给我妈妈还要报警的时候，绿班的一个小朋友卢卡大叫起来："嘿，他在这儿呢！"

卢卡和乔是好朋友，很是担心他跑去哪儿了，所以他闭上眼睛许愿，希望乔万尼能掉进他的餐盘里。结果愿望真的实现了。不过不是乔自己降落到卢卡的盘子里的，而是在老师分发午餐的时候，卢卡看到餐车盖的桌布下面突然伸出一只手，才发现乔万尼就在里面。

原来乔爬上了走廊的食堂餐车，正好那时没人看着，所以没有引起怀疑。要不就是厨师帮他保密，让他一直待在那儿，先运餐车到厨房去取了食物，然后再去的食堂。这大概是他在幼儿园有史以来最伟大的发现了，堪比哥伦布发现了美洲，弗莱明发现了青霉素，乔治克·鲁姆发明了薯片（注：乔治克·鲁姆为了让客人满意，将厚薯条切得很薄，放了很多盐，不经意中创造出来的薯片）。薯片可是乔万尼当时的最爱，搞不好还超过了对青蛙拉娜的感情。总之，餐车变成了乔万尼的专属穿梭列车，他会在十一点四十五分上车，要是过点了，比如没涂完彩色卡片之类的，他就会改乘十二点那班。

上幼儿园的第二年，也就是穿梭餐车发明的那一年，乔万尼终于开始说一些有内容的话了，意思能表达得更清楚，"卟切盖"的口头禅也没有了。我认为这不是偶然，绝对跟他以前比别人早半小时走出教室去食堂有关，而在教室的小朋友们，一定就是在这神奇的半小时内，去学会怎么说话才让人明白的。自从他有了餐车，就不用错过这段学习时间了。

不过让他参与表演却是一件难事。乔很害怕幼儿园生涯中不可避免的演出环节。他害怕舞台，害怕面对大众，害怕爸爸妈妈、外公外婆、兄弟姐们聚在一起发出的嘈杂人声，也害怕举起的摄像机和手机。让他和同学们一起唱歌是绝不可能的事，要是他在舞台上，总是会逃走从而引发严重的混乱，让小朋友们放声大哭，家长们大失所望，害得全班准备已久的演出完全泡汤。

只有一次，老师们把他放在了最后一排，嘱咐他安静地坐着，不动就行。不过这次互相妥协的方式让他意识到一点：他可以用沉默而不是逃跑来避免唱歌的痛苦。还没有上小学的乔仿佛像华尔街的银行家一样精于计算了，他对商业恐怕有种天生的第六感。

我记得在演出之前，老师们找到坐在大厅侧面的我们一家人，有妈妈爸爸、乔娅拉、爱丽丝，当然还有我，我们就像某种秘密组织成员聚在一起暗中商议什么事，类似篮球赛上请求暂停的时候，队员们会在一起双手交叉，然后高举向上空，大喊口号，唱着国歌的那种组织。

老师对我们说："看着吧，我们想了办法能让他演完全场。现在拜托你们……"我简直能看到老师说这番话时眼中隐含的热泪，"分散坐到其他家长们中间去，千万，千万不要跟他打招呼，也不要让他认出你们来。否则，你们知道的，他肯定拔腿就跑，我们也不可能再把他拉回来了。你们明白吗？"

我们全体都规规矩矩地点点头，摆出战斗般的沉默姿态。

"我们是隐身的。"爸爸说。

就像老师吩咐的那样，我们坐到了大厅的中间，隐藏在人群当中，除了爸爸。因为他的大肚子凸出来，就像怀了五个月的孕妇，要是往中间挤，恐怕一排人都要站起来，就会被乔看见了。于是他让我们先走，自己去最后一排或者更边上。我看着身穿橘黄色衣服和五分裤的他转身离开，心想他很快就会和那些不太在乎演出的其他小孩的兄弟姐妹玩闹起来。说到底他就像个孩子似的，但是当社会要求他不得不担当某些事情的时候，他也可以扮演好自己的角色，他从来不在乎。不过这是后话了。

总之，孩子们从侧门陆续走上舞台，排好队形。乔万尼搞不懂这种精心安排的队伍，他就像事先说好的那样坐到了最后一排。

演出开始。我们屏住呼吸，目不转睛地看着乔万尼，他正在四下乱看，可能沉浸在某种无法揣测的神秘思想中。一切看上去还不错。歌声此起彼伏，已经到了第五或者第六首了，还没有出什么差错。就在副歌部分响起的时候，仿佛被某种射线牵引，乔万尼毫无征兆地抬起双眼，就像不用装备 X 光透视仪，也能逐个扫过家长们的大脑似的。然后，他看到了我。我对自己也说了就当我是隐身的，本来没太在意，但那一刻突然吃了一惊：他真的看到我了，并用他金星人一般的眼睛锁定我……我再也无法假装自己看不见了，我鬼使神差般地抬起手，对他竖了个大拇指。真的只有这个动作。我不是要跟他打招呼，只是想鼓励他做得好，很棒，就这样一直保持下去，直到长大。

没别的了。

可是我还来不及放下手，他就已经站起来，从老远的地方冲向我们。当他一弄懂我手势的意思，就发起了冲刺，连连跨过前排像其他小朋友表演唱歌那样，摇摆着身体、手背在背后、闪烁着陶醉而天真眼神的班上同学。

那时的乔已经不再爬着走了，他开始用一种被我们定义为"走 + 跑 + 翻"组合的姿势跨过人群，冲开人墙，家长们挨个站起来，椅子们纷纷被移开，他就像是被摩西从演出中解放的奴隶，奔向他的家人。他扑上来拥抱的时候，我们既尴尬又深受感动，就在舞台上响起洪亮的大合唱时，大家一个接一个地跟他紧紧拥抱在一起。

我用眼角的余光察觉到所有人都在看着我们。有的人甚至连自己的孩子都不拍了，举起摄像机来拍我们。一位老太太手抚着胸口，拿出一块手绢拭擦眼泪。我感到无地自容，真想找个地洞钻进去，永远不再出来。而爸爸呢，那会儿本来还在和大厅后排的孩子们玩呢，当他发现情况不对时，他也从人群中突然出现了，扑向我们的他就像雪山压顶，说起来，大概比他儿子对我们造成的伤害点数还大。而我呢，不但不再为他的体重而窘迫，在他庞大的身躯下，竟然有了一种解脱感。

演出结束了，随着第一阵掌声响起，小朋友们似乎受到了乔的感召，就像多年未见那样，一个个怀揣着强烈的爱意冲向他们的父母。这大概是我们——不，我的错，演出在集体汹涌的情感大爆发和汪洋泪海中结束了。

我觉得我再也不会踏入这所幼儿园一步了。

说实话，上台演出和面对人群都不是乔最怕的事情。还有很多他害怕的东西。

比如，圣诞老人。

我知道你们会问，圣诞老人有什么好怕的？就拿我来说，我十一二岁的时候还相信圣诞老人真的存在。直到那一年我发现了妈妈手里拿着肯定有很多人见过的那种圣诞老人寄来的信。说真的，要是可能的话，那时我宁可相信妈妈不存在，也不愿意相信圣诞老人不存在。真该死！这个红胖子本来是唯一一个不对你有什么要求，就会送你礼物的人啊。不像主显节那个送礼的，要你表现好才可以，表现不好就给你一块"炭"（注：在意大利的传说中，主显节这天骑着扫帚的女巫贝梵纳会从烟囱钻进屋里来，把礼物装在靴子里送给小孩，而淘气的孩子会收到样子像黑炭块的糖）。圣诞老人就没这么多事，就像有一年圣诞节前两天，我用自来水笔戳了安德烈的手，他是我最好的朋友，但是老师问数学小考中谁抄了他的答案，他居然把我的名字告诉老师（这事说来话长），可圣诞老人还是给我带了礼物。

我们发现乔害怕圣诞老人，是因为每年乔都想方设法要绊倒圣诞老人或者让他噎到。一到 12 月 25 日，乔就往壁炉隔板上的拿铁咖啡杯里扔玩具小兵、小动物模型或者小车什么的，故意放得让人看不见它们的样子，这样要是圣诞老人来了，就会吞进去然后噎到。我们还发现他会在靠近窗户的地板上或者其他能让圣诞老人进来的地方，大面积投放玻璃弹珠。

很多乔万尼害怕的事情都很古怪。比如家里上下楼的楼梯他怕，但是花园里的梯子和家具上的梯子他就不怕。他可能不怕能够挪动的梯子，像是可以爬到柜子高处拿东西的梯子。要是把他放在桌子上坐着他也哭，他还特别怕肚子贴着桌面，但要是让他双脚站在桌上他就不怕。去海边也是，他要爸爸把他从水里抱出来擦干，而不愿意用脚踩在沙子上，可是把沙子撒在他身上或者头上都没事，可能关键问题在于他不能用脚碰到沙子，而不在于沙子本身。还有草，草是乔万尼的无数个敌人之一。

除非是去捡玩具，否则他绝不可能踏进草地一步。他害怕人群，可是他要说什么的时候又想引起所有人的注意。因此他不怕教室，而且那里很明亮，没有怪兽，也没有昆虫。

他对很小的东西也很害怕。

所以他才会把它们扔进圣诞老人的咖啡杯吧。

乔的怪异举止真的很奇怪。我越长大越不明白他为什么那么奇怪，当我要父母解释为什么会发生某种情形时，仿佛回到了小时候。

"为什么会打仗呢？"

"因为他们不想和好。"

"为什么他们不想和好呢？"

"因为他们在吵架。"

"他们为什么吵架呢？"

"因为他们想的不一样。"

"为什么他们想的不一样？"

"因为我们都是不一样的。"

"为什么呢？"

"因为，不然就不好玩了。"

就像问诸如以上种种问题一样，我问过爸妈很多乔的事。因为他有好多不能做的，就像面包上的巧克力酱一样显而易见。

我更多的是问自己。我已经不在乎乔为什么会是这个样子，这都是过去的事了，我关心的是乔的未来。他学不学得会算数？能不能自己去买面包？他学说话就学了很久，现在还说不太好，以后怎么说、怎么写？要是他又不会唱歌又不会写字，以后很可能找不到工作。我问自己：他为什么要那么早戴眼镜？为什么别的小孩子不需要？为什么他什么都听不进去、什么都弄不明白？

甚至最让我难过的是，他竟然不能翻跟头。

那是有一天，妈妈对我说乔的脖子很软的时候。

"为什么他脖子很软？"

"因为他生下来就这样。"

"为什么会这样呢？"

那一刻我满脑子想的就是，我那么会翻跟头他怎么不会，我都想好了要和他一起翻的啊。就连爱丽丝和乔娅拉也抱怨过，天哪，跟乔一起什么都做不了。不过她们也只是有点担心罢了，而不会因此和乔发生矛盾。但是我想和他一起玩啊。因为我不能老是跟会摆出龙虾姿势的爸爸斗着玩，一开始还挺好笑的，后来只要看见他坐在椅子上，双脚有规律地做出开开合合的动作，就知道他要干什么了。

反正那个消息对我来说无异于晴天霹雳。好多好多我想和我兄弟做的事情都做不了了。他是个会扔 Wii 游戏机，会把小汽车放进嘴巴里，对毛绒玩具也会下手的人。吵架跟他是不可能的了。他还害怕草。我想，怎么搞的？所有超级英雄都会翻跟头的，他到底是哪种类型的啊？

我开始怀疑他到底是不是超级英雄。

而且他的超能力我都不喜欢。

秋日的一天下午，我用电视机看家里拍的 DVD 视频，找一些我想看的东西。突然，屏幕上出现了我的影像。那是三岁的我。我靠在爸爸去掉辅助轮的儿童自行车旁。后来我抓住车把手，就像骑哈雷·戴维森（Harley Davidson）摩托车的骑手那样歪歪扭扭地前进。街道坑坑洼洼很难骑直线，我戴着头盔，爸爸跟在后面，当然不是出于安全考虑，我已经知道他不具备这种意识。我试图保持平衡，用力蹬脚踏板，我动了，往前骑了一米又一米，我控制不住要倒了，又没倒，在我最后要倒未倒的时候，平衡找回来了，然后继续十分得意地骑完全程，我做到了。那就是我，三岁的我，完美掌握动力学法则的我，街头之王，自行车之王。

妈妈为了记录成长中的点点滴滴，把它们都拍下来了。

我站起来，关掉电视机。对乔说："你看到了吧，乔？看见没？"乔万尼趴在地毯上，手托着下巴。

"你哥哥我在电视里哦。"我说，"你明白不？那是我比你还小的时候。你看到我多厉害了吧？可以骑没有小轮子的自行车。哎呀，超级简单的，动动腿就行。我搞不懂为什么你做不到。不过别担心，我教你。一边看视频一边学，OK？"

乔自信满满地看着我。

我也回了他一个满溢兄弟之爱的眼神。

我说："乔，甭管你会不会说话，能不能唱歌了，我们想别的办法，忘掉那些乱七八糟的东西，但至少，自行车……你要学会它。"

我兴致高昂的教育课程被门铃声打断了。我去开门。是皮埃娜奶奶，她带了豆角来跟我们一起吃晚饭。那时我已经把我骑自行车的视频放了不知是两遍还是更多次，反正不超过十次。好像有人对我说过，有些事情光是从旁边看别人怎么做，就能学会的。

然后妈妈来叫我们吃晚饭了。

桌子上已经摆好碗盘了，有豆角还有肉。一看就知道哪个是乔的盘子，因为里面的食物都弄碎了。是乔娅拉的主意，因为之前乔差点被一根香肠噎死，后来，把他要吃的东西切成小块就成了我们几个小家伙的任务。我们尽忠职守，只要是扔到案板上的东西，不论大小，我们都会切成碎片。

我们可不会放过任何东西。

我们不允许危险再次发生。

乔一直有很严重的消化问题。很小的时候他就经常把吃的东西吐出来。他是真的很不舒服。时间久了以后，他知道要去厕所吐，得掀开马桶盖再吐进去。有时候可能只是有想吐的感觉，他也会逃走，跪在马桶上，假装做出舔水的样子。要么等这一阵子不舒服过去，要么说不定就真的吐了。他因为胃的问题真的动过好几次手术。

香肠事件是在某天吃午饭的时候发生的。

除了在上班的爸爸，我们都坐到饭桌旁。乔娅拉说起学校某个她喜欢的同学的事，爱丽丝在跳舞，妈妈说遇到一个人，跟她说了一些好笑的事。大家心情都很愉快，我没什么可说的，就安静地听着。

总而言之，我们沉浸在那些事件的讨论中，没人照看随时都有可能发生极大危险的乔万尼，我们当时应该也意识到了没人在管他。

我们本来不应该这样的。

所以乔万尼趁我们说话的时候，抓起一小截对他来说太大的法兰克福香肠，谁知道他是怎么把这该死的香肠拿在手里，并且送进嘴里的呢。他吞进喉咙的话足以致命。他就像一个大汗淋漓的人，被丢在一场乱喊合奏会前面，让他什么也看不见，甚至因为人群存在而更加紧张，以致窒息。实际上乔已经喘不上气了。把他翻过来的时候，他发出微弱的哓啫声，像中毒了一样浑身发紫。我们吓了一大跳，妈妈开始摇晃他，不顾一切地大喊大叫，试着把他喉咙里不知道是什么的东西弄出来。我吓得半死，拿起座机给爸爸打电话，那一切发生的时候根本不知道怎么办才好。后来妈妈用手机打给我们的邻居，她的好朋友奈莉，让她跟着救护车一起来。

感觉整个世界一片昏暗。

乔娅拉和爱丽丝在哭泣。我只有恐慌。我记得我第一次明白了这个词语的意思。我记得妈妈抱着乔万尼痛哭。他已经没有了呼吸，有种死亡的气息。死亡感也围绕在我身边，从厨房里、桌子下、冰箱里和食物中，特别是那截剩下的法兰克福香肠中散发出来，无处不在。

奈莉赶来了，妈妈跑出门外。万幸的是医院就在不远处，可以说真的很近很近了。我明白为什么爸爸妈妈要搬到医院附近了，他们真的太明智了，早就料到了会有事发生。

我不知道后来发生了什么。

就算是今天，我还是很难想象妈妈当时都做了些什么。大概过了不到半个小时，电话铃声响起，是妈妈，她让我们放宽心，事情都解决了，乔万尼现在很好。他们还是忍了一段时间才打电话，好确定乔万尼真的没事，现在可以百分百肯定他被救回来了。事情就是这样，要不然，我们就没法继续我们的故事了。

　　但我仍然记得那半个小时，家中死气沉沉。乔娅拉、爱丽丝和我留在家里，三个人一声不吭，没有人敢开口，生怕说错什么话就会造成无法挽回的后果。乔娅拉和爱丽丝紧紧地搂在一起，我紧紧地抓着暖气片。我们似乎在等待一场暴风雪把我们淹没。

　　一切都发生得太快了。

　　在那一天之前，我以为寂静大概就是没有噪声。原来寂静也是一种声音，世间还存在别样的寂静。

　　那半个小时之内，寂静对我发声：我说过的吧，乔需要你，无时无刻不需要你。我已经明白，没有乔，我也不愿意再活在这个世界上。他的问题就是我的问题。而我的问题呢？我要自己一个人，不受打扰地、静静地想一想，总会找到解决办法的。至少我希望如此。

　　乔从那天起就害怕去医院，害怕医生。但他的生活中少不了要去医院就诊。妈妈是唯一一个能分清他那一堆药盒里的说明书的人。这么说吧，我们家里爸爸是发动机，我们几个小孩是车轮和齿轮，妈妈就是燃料，乔呢，四仰八叉地躺在车座上听音乐，笑嘻嘻的就好了。他最近听的是卡帕雷查（注：意大利说唱歌手Caparezza）的歌《并不凡高》（Mica Van Gogh）。我记得乔还小的时候，妈妈总是带他到处去做什么理疗还有，音乐疗法。言语什么疗法，名字太难记我记不清了，反正最后结尾音都是"咿啊"（疗法的结尾单词），所以我一听到妈妈在门外喊"我去什么咿啊"，就知道是和乔有关的。

妈妈做什么事都是为了我们。

妈妈说她的毕业和期末考试都排在我们后面。

妈妈洗衣服、熨衣服、刷碗、清扫厨房、整理房间，大多数时候，我们从学校回到家里，午饭不是摆在桌上，就是放在冰箱里、炉灶上和锅里。妈妈是个创业家，她把每一天都投给了我们，虽然她投的不是钱，但她付出了时间，付出了每一分、每一秒，付出了她的生活。不过真要投钱的话马扎里奥家也没多少。

但是我们并没有真正察觉到这一点。至少我们两个男孩没有。有时候我会想象，这些年里，爸妈的脑袋里装满了云朵，就算下雨了，我们也不知道，因为我们不会淋到一滴雨。

妈妈和爸爸总是会为我们遮风挡雨。

好了。

就像之前提过的，乔万尼的生活离不开医院。比如每年他都要去核定残疾人等级。做个测试，进行一番谈话，医生根据乔的表现来确定他的自理能力，国家有相对应的激励政策。

说实话，测试的环节是乔唯一擅长的部分：乱来。

有一回我也陪着去了。我们约好的医生要决定给我们的残疾补贴金额。你们都懂的，这可是件大事。

我们走进房间，医生向我们问好。我坐在不会打扰到他们的角落沙发椅上。妈妈和乔面对着医生。事务性的对谈，采用残疾人协会的标准来判定结果和对应的金额。妈妈是最紧张的，她就像站在拳击台角落的教练，用手紧紧压着乔万尼的肩膀。

医生默默地研究测试卡片，翻看以前的就诊记录，口中碎碎念着，表情让人捉摸不定，我们猜他搞不好是肠卜师（注：古罗马时代以观察祭祀动物的肠子来占卜吉凶的人）之类的人。接着他抬起头说："好了，还有两个问题要问。"医生拿出两张印有图案的卡纸：第一张是火苗，第二张是足球。

他问："你会离哪一个远一点呢？"

我松了一口气。乔万尼喜欢玩火，一看到火就激动得要命，总想离它们更近一点。

乔看了看医生，又看看图案，再看看医生，再瞅一眼图。他摸着下巴仔细想了想，然后伸出食指，指向"火"。

"咚！"我想，为什么是火？为什么呢？

医生满意地点点头，说："很好，非常不错。"他拿走卡片，换了两张新的有人的图案，一个是男人，一个是女人。他问："你是男的还是女的？"

我心想：真棒！我们可是花了好多年也没能跟他解释清楚这个问题。

乔看了看医生，然后看着卡片。又看了看医生，目光再次转向卡片。他摸着下巴仔细想了想，然后伸出食指，指向"男人"。

"咚！"他真的弄懂了？我还以为他不知道呢，纯运气呢。可是他居然一个也没指错，这怎么也说不通。

医生面露微笑，继续加问题："你几岁啦？"

这也是我们久攻不下的碉堡。按他的算法他一直停留在三岁。

结果他用手指比出"7"这个数字。

妈妈吓得面如土色，惊叫道："不是吧？！"

"他错了吗？"医生问，然后翻着手里的卡片说，"应该是对的吧？"

"不不，他是说对了，只是……"

医生从抽屉里拿出一支笔和一张纸，纸上有两个黑色的圆点。他说："把图案连起来。"乔在家的时候，你要是给他一张纸，根本不可能连上两点，他会到处乱涂乱画，不亚于爆炸之后的现场。可是他用笔点在第一个圆点上，然后就像拿了一把直尺一样，笔直地连到另一个圆点上。

然后医生又拿出两支彩笔，说："现在用红笔画一个红色的长方形，绿笔画一个绿色的长方形。"

乔万尼乖乖照做了,他一辈子都没这么听话过。

情况急转直下,医生和乔万尼进展到了开起玩笑、互捅胳膊肘什么的程度,似乎他俩已经默契无比了。相关分数也在不断增加。简直让人震惊。我和妈妈交换了一个绝望的眼神。随着时间过去,问题越多,补助金也就离我们越远。

终于医生抬头说道:"太太,看到了吧,他根本不需要资助。您的儿子虽然发育迟缓了点,但是自理能力完全没问题。很棒。你们做得很好。坚持下去。"大家都明白,他说这番话,是让我们心里好过点。

第四章

马拉之死

有时候，时光像慢慢爬在沙滩上的乌龟，另一些时候，则像是潜伏在草原随时准备吞噬生活的猎豹。我在中学度过的前两年比较像后一种方式，我刚来得及意识到它那身带着斑点的米色皮毛时，已经进入令人沮丧的三年级了。

一年级和二年级的事情，我记得的不多。记得有一次，我们用玩具枪向德费利斯老师开枪；另一次是安德烈·马龙祖把威士忌浇在暖气片上，导致斯塔西老师不让他补考；还有一次是我躲在衣柜里，等皮德诺老师五分钟后路过时，跳出来做鬼脸，大喊："老师，娜尼娅好漂亮啊！"就这些，没什么其他的了。

只要你们觉得向你的同学隐瞒你有个兄弟，你有个叫乔万尼的兄弟也没什么大不了的。

并不是那种你们不问，我就不说的情况。对话一般都是："贾科莫，你们家几口人啊？""五个。""有兄弟姐妹吗？""有两个姐妹。""真幸福啊，生活在女人堆里……""得了吧！"

就这样，差不多如此。

在那几年里，我和乔的关系完全改变了。或者说，不是我和他的关系变了，而是我和他和整个世界的关系变了。上小学的时候没有任何问题，就算我的生活领域被同学、朋友，或其他来自大家庭外的人占据，乔也可以进入其中。到了中学，这就成问题了。乔不再是我那个具有超能力的弟弟，他变成了一个不容于外界的人；一个举手投足会让人感到窘迫的人；一个不解释别人就无法理解的人。

那段时间里，唯一知道他存在的同龄人只有维托，他跟我关系很好，以前是小学同学，虽然中学没有念一个学校，但是经常见面。而在新的班上，就连对阿里安娜我也没有说过。阿里安娜是我上中学第一天就对我施加了犹如星球对卫星般强大引力的人。尽管她有动人心魄的眼神、带着亲切的笑意，尽管我们拥有相同的音乐喜好，我也没有对她提起过。

为什么我对任何人都说不出口呢？

我不能用准确的语句来解释。

我只是凭直觉知道，可能会……有危险。

就像我之前说的，不知不觉就到了三年级，我意识到今年与往年不同，是在刚开学的某一天放学后，我在学校庭院里开自行车锁，皮耶路易吉·安东尼奥朝我走了过来。我一般都喊他：皮索（大鼻子）。因为他有一个好像是故意加高的长鼻子，因为他走到哪儿那个鼻子都引人注目。大家都不喜欢他。

总之，那是 9 月，开学的第一个月，没什么大事发生的日子。空气里仍然留存着夏日的气息、沙滩和防晒霜的味道，要是谁敢提起期末考试，就会被捆在树上，涂上蜂蜜，让他成为蚂蚁的盘中餐。

说实话，那是我最喜欢的月份之一。

就在那一天，皮索出现，仿佛乌云蔽日。我正弯腰去开福斯卡自行车的锁，它又卡住了。我瞥了他一眼，看见他从入口走过来，还想他是要去哪儿呢。虽然他就住在离学校两个街区外，但平时都是他父母开车到门口接他，他没有自行车，也从来不骑。我从来没有想过他会找上我，因为第一，我们不熟；第二，我宁可在学校门口跳芭蕾舞也不愿意跟他说话。

我当时很饿，在那儿大骂该死的锁，当我抬起眼看他时，他已经离我很近了。那一瞬间我大吃一惊，特意看了看周围有没有人看到我们。还好我的同学都已经走了。

"你好，贾科莫。"他的声音有点沙哑，但不难听。

我注意到他围了一条褐紫色的围巾，还穿了一件羊毛衫。而我只穿了一件短袖 T 恤都要冒汗了。我装作不在意的样子。

他说："我有件事要对你说。"

我叹了口气，意思是我不想听："怎么了，皮索？我要回家了，没空。"

"很快的。"他说，"跟你兄弟有关。"

我眨了下眼睛，擦了擦头上的汗，站直身体，车钥匙还挂在锁上。

"我兄弟？"

"是的。"

"哪个兄弟？你知道什么？"

"一只小鸟告诉我的……"（注：本意是有人私底下告诉他的，但这里"我"按字面意思理解了。）看见了吧，我真的很讨厌有人用这种开头，好像他们知道了什么自己本该不知道的事情。我要是有枪就把学校旁边飞来飞去的鸟都给崩了。

"别人跟我说了你兄弟的病。"

我就像张开大嘴的一条鱼。他那种肯定的语气瞬间就进到了我的脑子里，但我消化它起码花了半分钟。

我恢复理智后，回了他一句："第一，我兄弟不是病人；第二，不关你的事。"

皮索理了理他的围巾，脸上浮出一抹假笑，他不屑一顾的样子让人想象得出来他在教室里举手回答问题的时候也是这样。对的，他就是那种知道马拉［注：让·保尔·马拉（Jean Paul Marat）是法国雅各宾派领导人，1793 年 7 月 13 日被吉伦特派的女刺客夏绿蒂·科黛暗杀〕是哪一年去世的人。

"他是病人，确认无疑的。"他说，"我查过资料。你知道，在研究方面没有人比得过我。"

"也没有人像你一样多管闲事。"

"总而言之，挺不幸的。"他就像没听到我说的似的继续说，"我非常遗憾。"

"……"

"尤其是，"他露出悲伤的表情，"很遗憾他们的生命如此短暂。至少我读到……"

我看着他，就像看着一个正在吞剑的苦行僧，我被他说出来的话震惊到都来不及找到力气挥拳打在他脸上。

"你知道的，对吧。我想说，你是他的哥哥，你知道所有他们这样的都……"他用手做出蝴蝶上下飞舞的动作，"生命稍纵即逝，越来越经常病倒，越来越严重。"

"……"

"更糟糕的是，他们根本不能和别人组成家庭，也不能独自生活。"他的语调很忧郁，我不明白他到底是心眼坏呢，还是仅仅是个蠢得不能再蠢的家伙。"行了，好吧，我会祝福他的，OK？"同时他拍了拍我的手臂，转身朝校外走去，走路的时候身体有点歪。

我在原地愣了好一阵子。他真的说出口了那些话！我气得对自行车锁一顿乱捣鼓，锁居然开了，不知道是奇迹还是出于同情，它自己开了。我本来想骑车去追皮大鼻子，从背后撞倒他骑到他背上去。考虑再三，我没有这么做，原因是：我不想被记过，影响品行分数，也不想被家里人骂。算了。我骑上车，用力猛踩脚踏板，看他走到哪儿了。他正要拐进小路前我追上他了，刚经过大门……我故意做出要骑车躲开他的样子，车轮转弯发出刺耳的刮地声，与他刚好擦身而过，他就像被人掀了裙子的女人，转过身放声尖叫。我头也没回，直接骑回家里去了。

一路上我违反了所有的交通规则，奇迹般地没有出任何事故。也许命运还不想让我错过第二天的艺术考试，也许它认为遇到皮索就是很严重的事故了。

我到家后打开大门，把福斯卡停在自行车架中间。其实这也不是我的车，是爸爸的同事送的，说车太小了，但是他二十年前就不长个了，难道他花了二十年才明白车小了吗？

我进了厨房，闻到浓烈的罗勒味儿，罗勒等于热那亚酱汁，热那亚酱汁就等于布鲁娜外婆来了。

"外婆你好。"我都不用看就知道是她。

"你好，贾科莫，我给你做了……"

"……热那亚酱汁……好的，谢谢……"

我把背包扔在门后，上衣挂在衣架上。鞋架上还是空的，说明我是第一个回来的。我松了一口气，这下在其他人回来之前能单独待一会儿了。我经过深黄色的厨房、烟灰色的客厅、淡紫色的乔娅拉的房间、亮橙色的爱丽丝的房间，然后是深蓝色的我的房间。我和乔万尼的卧室。

我进了房间，用钥匙把门锁上。

我很少锁门，我们家也不是需要锁门的那种家庭，只有我不想去上钢琴课的那一次。他们可能是太喜欢《海上钢琴师》里面肖邦的《夜曲》，想让我走丹尼·伯特曼·T.D.林蒙·1900（注：《海上钢琴师》的男主角）那种路线。可我是想成为能够弹芬达（Fender stratocaster）电吉他的人。

我做了个深呼吸。背靠在门上，环顾四周。我的房间，我的世界，我和这个房间是合为一体的。深蓝色的墙上贴满了海报：迈克尔·乔丹（Michael Jordan）、阿伦·艾弗森（Allen Iverson）、贾森·威廉姆斯（Jason Williams）、汤姆·约克（Thom Yorke）、史蒂夫·乔布斯（Steve Jobs）、切·格瓦拉（Che Guevara）、《无姓之人》（Mr.Nobody）、大卫·格鲁（Dave Grohl）、乔·斯特拉莫（Joe Strummer）、《小丑》（Il Joker）。

我的异想世界就存在于这些 50 厘米 ×70 厘米的海报之中。

写字桌柜里杂乱无章地贴了各种各样的贴纸。有我喜欢的标志、商标，还有文字贴。不是我特意买的，都是各处收集来的。有跟朋友换的，有的是杂志里撕下来的，还有买齐柏林飞艇 T 恤时，系在衣服上面的小袋子里的，或者是堆在青少年中心桌子上和放在滑板公园墙角的。这些贴纸代表了我们的生活、时间和日常活动，有什么样的贴纸就意味着我们过的是什么样的生活。

哎，谁都可以买一个跟你一样的白色柜子，但是没有人可以装饰出一模一样的东西来。是它们造就了我独一无二的世界。

我记得我的确需要自由自在地留下印迹，标记我触摸过的地方，好让其他人看到我的价值，活生生的我。

我需要把代表无政府主义的标记"A"贴在门把手上。我想要弗莱彻夫人［注：杰西卡·弗莱彻（Jessica Fletcher）是美国电视剧里的私家侦探主角］用她迷幻的眼神盯着我看。我需要融化的闹钟，也需要"这不是一支烟斗"的烟斗。

那时候的我真的觉得，盯着一幅用一束花取代燃烧瓶扔出去的画看（注：作者本意是用扔燃烧瓶表达愤怒不如用一束花代表和平）要比研究彼得拉克（注：意大利 14 世纪的诗人）能学到更多。

这么说吧，进我的房间后首先会注意到音响设备。放在隔板中间的75瓦飞利浦功放正对着房门。旁边一大堆 CD，差不多都是刻录的，还摆着《走进荒野》《堂·吉诃德》《格列佛游记》《悉达多》之类的书。

看吧，这全都是我。我靠着门站了一会儿，审视自己，其实每个碎片都是我的一部分。

我看向房间的另一侧，是乔万尼的床。发现了一些以前从未注意到的事情：乔在学我。他裁下动物图画，贴上展览的彩色卡片，把毛绒玩具和涂色书堆在一起，他像我摆篮球奖杯那样摆着橡皮球，还有《马达加斯加》的海报。他的书和我的书一样多。在我放《动物农场》的地方，他放了一本《农场的动物们》。

听了皮索那番话后，我不能不去想，去真正地看我们不是有多么相似，而是有多么截然不同。

我把红辣椒乐队（Red Hot Chili Peppers）（注：美国洛杉矶摇滚乐队）的《星战竞技场》（Stadium Arcadium）CD 放进飞利浦音响，鞋也不脱就躺在床上，手枕在脖子后面，看着天花板上暴力反抗机器（Rage Against the Machine）的主唱扎克·德·拉·罗查（Zack de la Rocha），扎着脏辫的他盯着我的眼神让我打了一个寒战，他紧握麦克风的手也揪住了我的心。

这一刻，热那亚酱汁意面和皮耶路易吉的大鼻子在我脑海中挥之不去，我半闭着眼睛，仔细思考我兄弟的事。所有疑问都是关于为什么中学前两年我要把自己深深地隐藏起来，或者说把真实的自己仅限于展现在我的房间内。

乔不会想这么多，他也不会明白。他住在自己的火车车厢里，车窗已关上，窗帘已拉好，他感受不到被狂风暴雨吹打的树林。

关于他自己他一无所知。

但我不是。

我知道，我什么都知道。

我把这两年来的所思所想在脑海中重新过了一遍，好多问题接踵而来。我是怎么做到我的生活和脆弱的乔万尼的生活共存的？我怎么能够在知道他可能一辈子不会有女朋友，甚至不会有像我那样彼此信任、吵架斗嘴的朋友的情况下，还能自己开心地过日子的？我是怎么做到的？我以后真的能在照顾好自己的同时也处理好他的问题吗？我怎么能看着他所遭受的痛苦，未来可能会面临的死亡而好好地活着？皮索的话就像导火索，点燃了我内心深深的焦虑之火，升腾起来的烟雾模糊了我的视线。

那一天我意识到，我已经很久没有问过自己问题了。

我不问是因为害怕听到答案。

我以为不问、不知甚至不想我就可以心安了。

我的房间、家里其他地方、外面的生活——学校、朋友、篮球场。我以为划分好界限就可以了。

每一天我都躲进学校或者训练馆，然后骑上福斯卡自行车，我蹬得如此用力，用同学们开的玩笑话和没用的废话助燃，仿佛可以创造出一个临时的通道，把我发射到另一个空间，一个拥有其他重力、其他生物和其他物理法则的空间。

突然我听到了敲门声。

我睁开眼睛，看到门把手像一条挣扎的鳗鱼，不知道我失神了多久。

"贾科莫。天哪，你在搞什么，把门打开。"

是妈妈。

我按下暂停键，正好放到"缓慢的猎豹"（Slow Cheetah）［引用红辣椒乐队的"缓慢的猎豹"（Slow Cheetah），作词作曲为：迈克尔·巴尔萨里（Michael Balzary）、约翰·弗拉西特（John Frusciante）、安东尼·凯迪斯（Anthony Kiedis）、查德·史密斯（Chad Smith）。出自 2006 年的专辑《星际运动场》（Stadium Arcadium）。］，安东尼·凯迪斯（Anthony Kiedis）（注：红辣椒乐队的主唱）在唱"缓慢的猎豹来了 / 叫人心生欢喜 / 不管他们怎么说"，我那时还没察觉出他们想要对我说点什么。只看到门以海豚才能感应到的频率在晃动，妈妈命令我打开门，该去吃饭了。

我下定决心不能再沉默下去了。我要把我的感受告诉全家人。我来到厨房，爱丽丝和乔娅拉正拿着叉子把细面包棍戳出来吃，外婆还在炉灶旁边忙活，我刚来得及开口说"我有件事要……"，就看见跟着爸爸的乔万尼像个女疯子一样跑进来了，开始他惯常的问候仪式。

他先是跑到爱丽丝怀里紧紧抱住她，一边跑一边把鞋子、小书包和外套乱扔一气。爱丽丝捏得他咯咯直笑，两人玩闹了一会儿，把昨天逗得他们大笑的话又说了一遍。然后乔万尼又投进乔娅拉的怀抱，跟她说自己在学校表现得多好，得了多少选票。接着又跑到一直等着迎接他的外婆身边，他们安静地对望了一会儿，亲热地拍了拍对方。乔拖长语调问："外外外婆婆婆，我吃什么呀？"这也是他表达的一种方式。外婆学他的口气回答说："酱拌面面面呀。"给了他的小屁股一巴掌。轮到我的时候，他先是给了我肚子两拳，然后摆出放马过来的姿势，但是我不想跟他玩，顺手推了他一把。他一个趔趄摔在地上，咧着嘴笑起来。他在地板上打滚，笑得就像是发生了一件全世界最好笑的事情。乔万尼虽然有很多问题，不过他有一项特殊的天分，就是和不同的人有不同的打交道方式。要是他能写一本描述他和每个围着他转的人的小说，肯定比《指环王》还长。

乔能创造不同世界。我们每个人都和他沿着一条属于自己的路走。更为奇特的是，虽然与所有人的相处方式都不同，但是乔还是乔。乔不是像做数学题那样，找对解答方式就可以重复答题了。他更像篮球场，如果你投中一次篮筐，不会满足于同样的进球方式。我必须找到只属于我的方式来投篮，只能靠我自己。

我决定保持沉默。

我沉浸在自己的所思所想中，身边环绕着酱汁的香气和家人们的聊天声，就这么在一旁吃着，直到午饭结束。

我回到房间重新按下播放键，接着听"缓慢的猎豹"，他已经唱到第三小节："每个人都有很多话要说 / 他们谈话间灰飞烟火 / 不要犹豫……"因为要给维托打电话，我把音量调低了。

维托是那种可以跟他东拉西扯瞎聊上好几个小时的朋友，也是可以跟他谈很多深度话题的人。聊聊这个世界是怎么运转的，什么社会、政治、艺术的，都可以。

"嗨，维托，过得怎么样？"

"挺好的，杰克。一切 OK，你呢？"

"很惨。他们考我滑轮的事。太糟糕了，滑轮是什么鬼东西。"

"也许跟机动车有关？"

"说不定是有芝麻菜的……"

"装满芝麻菜的卡车？"

"这有什么用呢？"

"没用。就跟知道怎么消去根号一样没用。"

"随便吧，要不是为了作业根本不用去学校。"

"还有蹭女孩子们的点心。"

"也叫生活。"我说。

"是的。"

"是吧。"

"我吧，说实话，还不都是为了一块奥利奥……"

"我不也是。"我叹了口气，"我甚至可以出卖你的狗。"

"不行，狗不行，要是作业没做还得靠它当借口！"

我大笑起来，他也是。我接着说："听着，要不要骑车出去转一会儿？"

"去哪儿？"

"哪儿都行，我需要放空一下。"

"你在想什么吗？"他声音有些担心。

"我过去再说。"

"OK。"

"待会儿见。"

我挂了电话，下楼到客厅，对还坐在餐桌旁边的爸妈说："我要去……"他们不知道在聊些什么。

"去哪儿？"

"去找维托骑车。"

"作业呢？"

"做完了。"

"什么时候做的啊？"

"在教室里做的，美术课的那个人没来。"

"哪个那个人？"爸爸假装听不懂的样子问（注：作者的口吻对老师的称谓比较随便，爸爸在引导纠正他）。

"那位女老师。"

"什么时候回来？"

"一会儿就回。"

"别扯了……"爸爸瞪大眼睛，"能早回？开玩笑？"

我摇摇头，走出门廊，重新骑上福斯卡。

维托在他家门外等我，黑色的自行车靠在栏杆上。我们一边聊一边骑，过了一个多小时后，发现我们已经到了城市的另一边，走到卡斯泰尔弗兰科（Castelfranco）（注：作者居住的城镇，位于意大利威尼托大区）的另一头也花不了多少时间。没有目标的闲逛真好，如果你不知道要去哪儿，也就不存在迷路的问题了。

我们聊到班上一个女同学玛蒂娜，因为突然之间胸部发育太快而烦恼，又讨论起为什么金州勇士队（Golden State Warriors）的输球都是一个套路，太奇怪了，还聊了我们最后一场篮球赛和费德阿姨给我带来的最新 CD，以及雅虎问答上面有些人问的都是什么鬼问题。

下午差不多过去一半的时候，我们回到了他家。他妈妈给我们准备了点心，我们开始玩 FIFA，萨索洛（Sassuolo）对弗洛西诺尼（Frosinone），我依旧选卡泰拉尼（Andrea Catellani）和诺西利（Alessandro Noselli）上阵首发，他选的是文森佐（Santoruvo Vincenzo）和斯特罗尼（Roberto Stellone）。

卡泰拉尼在上半场结束时踢出了一记强力进球时，我正聊到："维托，你认识皮耶路易吉对吧？"

"哪个？皮索吗？"

"是他。"

"对，他就住在我奶奶家附近。"

"他喜欢胡说八道，是不是？看他说话的德行，好像没有他不知道的事情似的。"

"他还真的什么都懂。聪明过头了。"

"这家伙对我说过乔的事。"

"怎么说的？"

我正准备把那天发生的事情复述一遍，什么病啊死啊的。但是卡泰拉尼的进球太叫人狂喜了，禁区外的角球，太不可思议了。一次让所有言语都消失得无影无踪，只剩下大喊大叫的进球。我脱掉上衣，围着沙发连转了两圈。

等我回到座位，把球开到中场后，维托说："所以呢？"

"什么？"

"皮索跟你说了什么？"

我耸耸肩膀："没啥，一堆废话。"

我一传到中场维托就用头球顶开："是吧。他就会说这些。"

接下来的两个月过得很奇怪，特别诡异。就好像身穿橡皮潜水衣，一只手戴着棒球手套，另一只手拿着冰壶的管帚掷球一样。这两个月让人完全摸不着头脑。我呢，就像那些装着圣诞节礼物的小篮子，混合了葡萄酒、杏仁、米兰大蛋糕或者烤面包片各种滋味的东西。我的心情每天也阴晴不定。

那个阶段能记起来的确定无疑的事之一，就是费德阿姨。

费德丽卡是妈妈唯一的妹妹。那会儿她在北极乐队（Northpole）拉低音提琴，对我而言地位不亚于涅槃乐队（Nirvana）（注：美国摇滚乐队），姨妈所在乐队出的第一张专辑和亚声调（Deftones）（注：美国著名金属乐团）的《皮毛》（*Around the Fur*）专辑封面如出一辙，后来乐队被亚声调粉丝投诉，差点惹上官司。

总之，费德阿姨对我来说有点偶像的意味。她就生活在高频声波的振动中：拿摇滚当早餐；中午休息时分，在某个她工作的威尼斯拱桥上读音乐杂志 *NME*［注：*New Musical Express*（简称 *NME*），英国著名新音乐快递杂志］；晚上则沐浴在乡村音乐和民谣中。保罗叔叔是她的生活伴侣，也是乐队的主唱。两人没有结婚，他们说彼此了解就够了，不需要一纸婚书做证。

他们租了我们家的房子住，就是乔万尼出生之前的屋子。如今充斥着一股反主流文化的气氛，还有浓烈的天竺薄荷味，屋里装饰混合了印度风、佛教风和差不多类似的风格。墙上挂着印度、尼泊尔和中国的东西。

保罗叔叔在教我弹《天堂的阶梯》（*Stairway to Heaven*）［注：齐柏林飞艇乐队（Led Zeppelin）的专辑 *Led Zeppelin IV* 中的单曲］的琶音的时候，我左看右看，惊讶他们怎么能改得这么彻底。

每次来我们家，费德阿姨总会给我带些新的东西听。

"小姨，今天带了什么？"

"尼尔·杨（Neil Young）。"她把 CD 放在写字台上。（注：尼尔·杨 1945 年 11 月 12 日出生于加拿大安大略省多伦多市，著名摇滚歌手、制作人、导演、编剧。）

"最喜欢哪一段？"

"第一首，嘿、嘿，我的、我的……"她侧耳听了听，问："是史密斯乐队？"（注：英国摇滚团体）

"对。"

"一边写作业一边听？"

"对啊，不行？"

"当然不行，不好，这样不好。天哪，听他们的歌是种享受。不像喝一杯果汁那么轻描淡写。他们可是纯粹的普罗塞克酒（注：一种意大利葡萄酒）。你要仔细品味才对。你要花时间去听，环境要好，好比听《戴上手套》（*Hand in Glove*），要全身心地……"

"好的，小姨。"

"明白？"

"明白……"

"我能拿走吗？"

"什么？"

她从一堆东西中抽出大门（the Doors）（注：1965年于洛杉矶成立的美国摇滚乐队）和赶时髦（Depeche Mode）（注：英国前卫电子合成器乐队）的唱片。

"可以的。"

"好听？"

"很赞。"

然后她盘着腿在我床上坐了一会儿就起身走了，去找乔娅拉和爱丽丝聊天，她跟谁都有不同的话题可聊。

接下来几星期我都沉浸在她带来的那些 CD 中。音乐于我而言，仿佛从情感深湖中打捞出不同的鱼类。不管是用渔网、渔竿、渔叉还是假的诱饵，鳟鱼、鲤鱼、鲷鱼、加吉鱼、金枪鱼纷纷被钓出来或者召唤出来。史密斯乐队是引出忧伤的鱼饵；听性手枪乐队（Sex Pistols）时，浮出水面的是愤怒和疑虑；而当甲壳虫乐队（Beatles）的音乐一响，就像被拖入突然掀起波浪的湖面。

那年我十三岁，仿佛一张在等待大千世界涂绘的白纸。

有一天是皮德诺老师的课，就是教那门美术课的女老师，学校通知说她来不了会找人代课。然后来了个努力扮演亲和范的代课老师——我不是你们的老师，而是你们最好的朋友哦。你们都见过那种类型吧？这个人亦是如此。他走进教室，为了引起我们的重视，照例要大家进行一圈自我介绍，真是没完了。已经是三年级了，每个人是什么样我都知道。洛伦佐足球玩得很溜，马泰奥不用带牛津词典也能用英语狂说，艾丽萨写诗。我都了如指掌。无聊透了。要不是代课老师说要每个人介绍自己喜欢的歌手，我都打算睡一觉了。

嗯？有点意思啊。我心想。

我发现劳拉听莫扎特，雅各布听 hip-hop，阿里安娜——我想和她结婚的那个，她喜欢蒙福之子乐团（Mumford & Sons）（注：英国的民谣乐队），真棒。大部分人听的都是那些我在收音机里一听到就要换台的流行歌，免得把我的品位带偏了。

"我是吉欧里奥，我听黑眼豆豆合唱团（Black Eyed Peas）（注：美国洛杉矶乐队）的歌，我会踢足球，两年前转学来的，平时读侦探小说……喜欢滑雪，还……"马上到我了。"没了。"他说完坐下。

"谢谢吉欧里奥，下一位是谁？"

我站起来。

我说："你好。我是贾科莫。贾科莫·马扎里奥。虽然我不算高，但是会打篮球。我喜欢看电影，听……"我发誓，我正准备说出一连串的名字，终于有机会向大家展示我的音乐品位，就连《滚石》音乐杂志的记者都不一定知道的，可是话都到嘴边了，不知道为什么卡住了。我能说什么呢。没人知道猎人世界乐队（Enter Shikari）（注：英国后硬核摇滚乐队）的鲁·雷诺兹（Rou Reynolds）是我最喜欢的歌手，就像没人知道我外公的照片就摆在我的床头柜上一样。谁了解我呢。于是我听到自己脱口而出："……我听泰欧·克鲁兹（Taio Cruz）的歌。"

然后我坐下。

"谢谢贾科莫，太精彩了。"代课老师的热情欢呼声跟他一点也不搭，他还等了一会儿，想要同学们给我掌声。我说的东西一点也不精彩好吗。泰欧·克鲁兹？我真的说了泰欧·克鲁兹那个负心汉？那个唱了有史以来最装腔作势的两首歌《爱情杀手》和《宿醉》的泰欧·克鲁兹？为什么我没说实话？为什么我还要继续隐藏我自己？

介绍继续，一直到所有人都说完，老师对我们表示很满意，他在一个 Moleskine 本子上匆匆记了一大堆关于我们的笔记。我后来想，他为什么会这样做？因为他两星期后就不来上课了吗？

课间休息的铃声响了，所有人都跑出教室，一般大家都会比赛谁第一个下到庭院。我却坐着一动不动，好像屁股粘在了椅子上。我不想出去，就连从窗外投进来的阳光都让我觉得刺眼，我宁可有谁把它们弄暗一点。我待在教室里，眼睛盯着黑板上写的日期——1793 年，马拉之死，我以前都没看到它。我想是不是我愿意的话，什么都可以说出口，如果我能假装自己喜欢的歌手是泰欧·克鲁兹，那么我是不是任何事都可以假装。连乔的事也可以。卧室、家和学校——我可以继续维持我分裂的世界不变。我能假装把所有问题压下去，我能假装不需要答案。

课间休息什么时候结束的我不清楚，同学们什么时候回来的我也没感觉，接下来的课、布置了什么作业我都一无所知。最后一堂课的结束铃响了，我机械地站起身，把一上午压根没翻开过的课本和没打开来用的笔袋收进书包，准备回家。我走到走廊时，有人把手搭在我肩膀上，用力让我转过来。

是阿里安娜，我瞬间心跳都停止了。

"杰克……"

"嗯？"

"我能问你一件事吗？"

我沉默地点点头。

"你最喜欢的歌手不是泰欧·克鲁兹。"她的目光扫过我的额头、下巴、脸颊、鼻子，就像在一张城市地图上寻找那个写着"您在此处"的红点。

"对。"我说出这个词的时候，既不感到有什么情绪波动，也不觉得羞愧，就连反驳的意思都没有。

"所以呢？"她皱着眉头等我回应或者辩解。但我无话可说。

好吧，我找不到可以辩解的话，我也没办法说清楚自己的所思所想，我想从工具箱里翻出什么东西来理清我的思绪，但是一无所获。

我默不作声，阿里安娜等了一会儿，什么也没说，转身向右，汇入身穿运动衫、嬉笑打闹冲向学校出口的人流当中。我留在原地，感到无比尴尬，浑身僵硬得就像一块礁石。

第五章

你我皆飞鱼

我度过了一个并不平静的冬季，太不寻常，就像灵机一动，在新的一年里许了一个特别新奇的愿望，期待什么事物到来，能让我的日常生活发生天翻地覆的变化。

　　这期间我结识了布鲁奈和刀疤。那是在堂区教堂旁的青少年中心，一次允许本教区小型乐队登台演出的活动上。是那种如果每个团队带上十个亲朋好友，就会人山人海，好像在真正的演唱会现场的活动。

　　他们俩是又弹吉他又唱歌的二重奏组合布鲁奈和刀疤（Brune&Scar）。与其他人不一样的是，他们不唱流行歌，不玩饶舌，也不会往麦克风上吐口水。在人声鼎沸的交流大厅里，他们从唱片架子上抽出来的是伊基·波普（Iggy Pop）的《旅人》（*The Passenger*）、大卫·鲍伊（David Bowie）的《星人》（*Starman*）和鲍勃·迪伦（Bob Dylan）的《在风中飘荡》（*Blowin' in the Wind*），最摇滚的也不过是迪伦的。

他们比我大一岁，单凭他们选了这些作品，我就明白，不用瞎聊些演奏方面的事，就可以判定他们是值得交往的朋友。其实我选朋友还真是凭着音乐品位来的，算是个奇怪的癖好吧。如果不是同类人，我会立马找个借口溜走。

"你听什么歌呢？"

"蕾哈娜的。"

"不好意思，我走路走累了，要去补个觉。"

"泰欧·克鲁兹。"

"真对不起，我得走了，酸奶过十分钟就变味了。"

就这样，我用音乐来确认我的个人领域，除此之外别的都要靠边站。我那时觉得听蕾哈娜和听泰欧·克鲁兹的女孩没什么区别，都挺肤浅的，跟那些六点四十五分起床，喜欢猫，宣称自己是素食主义者的都是同一种人。

就像我看画的时候更关注旁边的标签，而不是画本身。

不管怎么说，我跟布鲁奈和刀疤很合得来。那一天我们聊完了自己喜欢的乐队，探讨了体制崩溃乐队（System of a Down）最好的歌是不是 *Toxicity*，我们还一致认为鲍勃·马利（Bob Marley）（注：牙买加著名唱作歌手，雷鬼乐鼻祖）过世之后再无人可替代他。

布鲁奈本名叫"皮埃罗"，他得到这个绰号是因为他四岁的时候，为了换一杯可口可乐，一口气喝干了一整杯蒙塔尔奇诺的布鲁奈罗红酒。
刀疤的真名是"列奥纳多"，他说就是觉得自己像《狮子王》里的那个
同名角色罢了。

"讲真的。"布鲁奈拿胳膊捅了捅我，"也是因为他弹得太烂才起
这个外号。"

刀疤装作没有听见的样子，问我："你有外号吗？"

我回他说："大锤。"

"不是因为你会拿锤子打人吧？"他问。

"要不就是他们会拿锤子打你？"布鲁奈补了一句。

我笑得眉毛打结："我觉得应该就是跟我的姓有关而已。"

"是什么？"

"马扎（大锤）里奥。"

"真有才。"

"是吧……"

我们后来经常一起骑自行车出去玩，完全不适合骑车出游的天气除
外。大概是 2 月的某一天，我们之间来往有两个多月的时候。有一天我
家没人，于是我提议要不躲到我们家酒窖里去玩音乐得了。

为什么这个时候家里没人，为什么的的确确没人，是因为发生了一

系列奇迹般的巧合：爸爸在上班、妈妈带乔万尼出门做些检查、乔娅拉和爱丽丝应该不是去朋友家就是去跳舞或者游泳去了。啊！我呢，既不用打篮球也没有别的事可做，要是我有事情忙，家里有没有人对我来说根本不重要。但这个星期三下午，就像星星们偶尔也会连成一排一样，我很闲，家里其他人都出去了，就这么发生了。就在那个星期三。

"你们觉得怎么样？"

布鲁奈问："你有什么乐器吗？"

"两把吉他。" 我说，"一把电吉他，另一把是原声的，还有架电子琴。"

"太棒了！"

"你还弹琴？"

"下手特别重。"

"走哇……"刀疤兴奋地大喊，一边搓手取暖一边往手上哈气，"在手指冻掉之前赶快去吧，不然废掉了就弹不了吉他了。"

铅灰色天空下的我们疯狂地猛踩脚踏板，一直骑到栗木大街，说起来街上种了我从未见过的栗子树。这是我第一次邀请布鲁奈和刀疤来我们家。到了以后我打开栅栏门，告诉他们车停在院子里我们平时放自行车的角落。

"你还有篮球架啊！"布鲁奈惊叹道，"太酷了，传个球给我。"

我从灌木丛下找到一个球扔给他。

他假装做出专业篮球运动员的防御姿势，抓住球旋转一圈，跳起身投篮的时候，我听见门后有人叫我。

"贾科莫！"

我扭过头，是我妈。

"你在这儿干什么？"我问她。

她看了看周围："你问我？这是我家啊。"

"你不是在外面和……"我突然意识到我为什么这时候叫他们来，虽然是肯定家里没人，但主要是因为乔不在。布鲁奈和刀疤还在投篮，我走到妈妈身边，压低声音说："你不是跟乔出去了吗？"

"是啊，但是他有点发烧，还是我去排队拿档案吧。乔现在乖乖待在卧室里玩呢。现在……你和朋友们会留下来吧？"

"不是不……就是说，会，我们本来想……但是我们不想……"

"您好，太太。"布鲁奈和刀疤胳膊下夹着球走了过来。

"孩子们好。我没见过你们呢，你们叫什么名字？"

"皮埃罗，他们一般叫我布鲁奈。"

"列奥纳多，叫我刀疤好了。"

"我叫凯蒂亚。在家里他们都叫我妈妈，起码他们当着我的面都这么叫我。他们之间肯定还有别的叫法，那就不关我事了。冰箱里有饼干，你们也可以烤面包片吃。你们会留下来吧？"

"会的。"刀疤说。

布鲁奈说："太好了！谢谢！"

我已经开始在咬手指甲，祈祷妈妈千万别提起乔万尼，还好她没有。她穿上大衣就出去了。我们三个跑到厨房去聊篮球。我给他们倒了杯可乐，准备烤面包片。我把面包片塞进面包机里后说我要去厕所，让他们自己看着机器，然后跑到二楼。我就像做贼似的，偷偷转动我卧室的门把手，门轻轻开了，我透过门缝看见乔在床上，背对着我，正翻着书看。我踮着脚走过去，发现他在看一本关于恐龙的书。他这时察觉到我来了，转过头来喊了声："杰克！"

"嘿，乔，你在干什么？"

"看书呢。"

"不错哦，看什么呢？真厉害……"我刮了刮他的脸颊。

"听着，妈妈出去了，我要做一些很重要的事，学校的事，得在酒窖里做。要我自己单独完成的。明白吗？那你就待在卧室里就好，OK？别出大声。就在这儿看书和……"我眼角扫到搁架上的iPod，"听音乐。我可以把我的耳机借给你。"

"好哇，耳机耶！"乔高兴得就像要带他去环游世界。

我拿起耳机给他戴上，选了随机播放音乐。音乐＋恐龙书的组合太搭了，起码够他打发一段时间了。真希望他能够一直听到晚饭那会儿。我又拿了另外几本跟恐龙有关的书放在床头柜上。

我往后退了几步，看了乔一会儿。他趴在床上，是因为有点发烧不太有力气的样子，不过心情和平时没什么两样。他随着音乐的节奏摇头晃脑，手指在书上敲敲打打，完全沉浸在插画世界中。乔万尼就这样成了我的一个秘密，一个与贴在约翰·列侬海报后几乎全裸的女孩海报、藏在第二个抽屉里的满篇脏话的《麦田守望者》、因为妈妈讨厌大屠杀乐队（Megadeth）而把他们的唱片塞在地下丝绒乐队（Velvet Underground）封套里同样程度的秘密。

我倒退着走出房间，就像退出一座寺庙那样，半掩上门，看着乔消失在门缝里。我想在走廊里用力地说对不起对不起对不起请他原谅我，此刻我却只能背靠在墙上闭上眼睛。我在搞什么鬼？妈妈说过爱兄弟并非选择谁去爱，而是发现你身边的人没的选，然后你也要去爱。所以选择爱，而不是选择爱谁。可是我没有做到，因为我也需要被爱。我想要先爱我的人是朋友，是同学，我害怕他们一旦知道乔的事以后，就不再被他们重视和尊重。

去爱乔万尼，和接受别人的爱。

那一瞬间，我就像是手持 AK-47 为了和平而战的斗士。

我回到了厨房。

"你死哪儿去了？"布鲁奈咬着面包片问。

"没事，是……"

"贾科莫，这是什么东西？"

刀疤的声音从旁边房间传来。

"你在洗衣房里做什么？"我走过去问。

"找厕所，这个管子干什么用的？"

刀疤说的管子是爸爸的神经病杰作之一，宽得足够放进一个小婴儿，管子穿过墙壁连接到上一层的房间，是建房子的时候一起装好的，这样我们就可以从上面把脏衣服扔进去，让它们直接掉到脏衣篓里。

"你爸是个天才。"

"是个疯子。"

"所以我爬上去就能到你的房间？"刀疤想要钻进去，结果卡住了，"啊，我动不了了。"

"我们别管他了吧。"布鲁奈说。

"为什么不呢？"我表示同意。

"我们可以上去把脏内裤往里面扔。"

我脑洞大开，要不是想起乔，我真的要跑上去丢点什么东西到管子里去了。

"我担心我妈今天要用洗衣机。"我指了指一堆东西，"我们还是把他拉出来吧，来……"

我们在酒窖里玩了一小时乐器，我证实了自己作为一名烂键盘手的素质，他们玩吉他倒是玩得很高兴。我们无论说些什么都大笑成一团，好像把这辈子的糗事都说尽了似的，我一边笑一边担惊受怕，怕乔突然出现被他们看到。

我想象他们发现乔出现在楼梯上的场景，想象我的朋友们吓得呆住。

但是事情并没有发生。

反而是过了两小时后，布鲁奈在某一刻看了看表，说天哪太晚了，他得回家了。我陪他们到放自行车的地方，又说了一堆下午说过的那些废话，然后拳对拳碰了碰，我打开栅栏门，看着他们沿着栗木大街一直骑，骑到拐弯后再也看不到他们为止。

我抬头看看天空，仍未消逝的冬日阳光照在我身上。

我走回屋中。我的身体在动，但是心思在跑。它已经回到厨房，越过第一阶楼梯，看都不看起居室一眼就往上走，它已经来到我们的房门前，正要开门。我连忙赶上，不能让它比我先进去。我追上它了。我转动门把手，乔这两小时内什么都有可能发生，可能走开或者把桌子从窗户扔下去。

我打开门。

他和我离开时候的姿势一模一样：眼睛盯着书（可能换了一本），耳机戴在头上。我坐在床边，轻轻摸了摸他的背。他转过身来朝我笑了笑，然后拿起青蛙拉娜压到肚子下，让它正面朝向我。

我带着乔下楼，得好好奖励奖励他，我开始放《冰河时代》的影片，给他拿了薯片。我激动得甚至让家里的小狗凯丝进屋，还让它爬上沙发，它是一只身上有棕色斑点的白色长毛犬，浑身毛茸茸的，就像玩具狗。

乔万尼瘫在沙发上，一只手摸着凯丝，另一只手抓薯片吃，眼睛盯着电视看，多么幸福的场景。我累得半死，也坐到了沙发上，盘起腿，期待被电视图像麻痹意识。但是没用，就连《冰河时代》看上去都像是在针对我。

电影开始时露面的松鼠斯克莱特，为了找一个地方埋下它的橡果，使劲在裂成两半的巨大冰墙缝中钉啊钉，好把橡果挤进去。这时有一群为了避寒而向南迁徙的动物陆续走过。现在我不知道我内心深处是里面的哪种动物，但是我肯定能感觉到自己像一道裂开的冰缝。

那道裂缝有个名字叫：有罪。

后来几个月里我经常梦见警察按响我们家门铃，宣布我被逮捕了。

"不，不是你们想的那样，你们看，我会喂他吃东西，还和他一起玩，什么都行，他想出去就让他出去。"每次在梦里他们控诉我虐待乔的时候，我都吐出一连串这种说辞。

警察呢，回复的话语差不多总是："您说什么呢，贾科莫先生。我们逮捕您是因为您在数学考试中抄袭。现在我们要罚您和臭嘴巴强尼同桌三个月，并且以后的考试您都得自己单独考。"

有一天维托来找我吃午饭，饭后去我屋里，他四仰八叉地躺在床上，我坐在椅子上摇啊摇。

他突然说："你知不知道联合党乐队（Bloc Party）（注：英国伦敦的另类摇滚乐队）的主唱是个同性恋？"

"不是吧……"

"真的，我表哥跟我说的。"

"如果是你表哥说的，那么……"我做了一个投降的手势。然后我说，"听着，你还记不记得有次我跟你提到皮索的事。"

"皮索？没有吧，什么时候？"

"在你家玩游戏的时候。"

"贾科莫，你总是来我家，而且我们总在玩游戏。"

"萨索洛对弗洛西诺尼那次。3比2，你没印象了？"

"噢！"他做了个鬼脸，好像活吞了一只苍蝇似的，然后从床上坐起身来，盯着我看，"我想起来了，怎么了？"

"就是皮索知道乔的事。"

"知道他什么事？"

"知道他的存在。"

"有什么问题吗？"他又倒下去了，"我还以为是什么事呢。"他把手放到脖子后面，似乎没什么大不了的样子。

"我学校里的人都不知道。"

"真的？"

"嗯。"

"怎么可能。"

"因为……我没说。"

"为什么不说？"

"我觉得乔还没有准备好——曝光。他有可能会被这个社会吃掉……丛林法则你知道吧。猎杀和被猎杀的关系。"

维托大笑起来："什么屁话。"

"你不同意？"

"那你说……皮索是怎么知道的呢？"

我知道比起谈皮索的事，他更愿意聊联合党乐队主唱的话题，但我也知道他能帮我出出主意。

"不晓得。"

"那还不容易，问他去呗。然后叫他别和其他人说。"

"他不肯怎么办？"

"那就威胁他给他毁容。我说杰克，我们在谈皮索而已，有什么好怕的。"维托最后丢了一句英语。自从他跟一个英语是母语的私教上课以来，每次跟他聊天，都会时不时蹦出几个句子。

"真的吗？"

"我说真的啊，不管怎么样，你很难把乔藏得严严实实，他是一个人，不是一包烟。"

"我知道。"

"我真不明白为什么你会……"他扫了一眼乔四处散落在房间的东西，指着一个母鸡储蓄罐，好像在说："你看看那个储蓄罐，有什么可奇怪的吗？"

那一刻我脱口而出："他们会笑我。"

维托又跳起来："对吧，其实你不是怕乔会被这个社会吃掉，而是怕你自己被吃了。"

我无言以对，扭头转向 U2 乐队的海报。

"对吧……"维托顺着我的视线继续说，"好比他们吧。想想波诺（Bono）（注：U2 乐队的主唱）刚灌唱片的时候没人看好，被拒了多少次啊。我想到乔的时候，就觉得他是他而已。别管别人怎么说了。"

我哼了一声，"请注意，注意了，"我模仿拿着大喇叭筒的人说道，"一个每天早上花一小时弄头发的人要准备发言了……"

"那是因为头发还不够长。"他用手指挑了一缕头发想要看看，结果不行，"我会让它们长长的。反正我现在喜欢整整齐齐的。"

我想要不随他去吧，但又想我得找皮索解决这件事。我还冒出一堆自相矛盾的想法。要是再这样继续想下去我肯定头痛死了。

"我说，联合党乐队的主唱怎么会是同性恋呢？你觉得可能吗？"维托叹了一口气，看着扎克的海报摇了摇头。

第二天，我前所未有地七点就醒了，比平时提前二十分钟到学校，打算跟皮索谈谈。自从上次在院子里的事发生以后，我们还没说过话。提前到学校是需要耗费极大能量的，大清早的我迅速出门，背着十多公斤重的书包恍然不觉我已经离开了被窝。天也冷。总之我心情不太好。为了再次回归我深度迟到症患者的灵魂，我决定接下来的几天都要踩着打上课铃的点去。

不过这次痛苦的早起，也让我目睹了前所未见的光景：我看到学校的后勤人员将木屑撒到地面吸收潮湿的雨气，我看到因为送他们的父母要上班而不得不早到的同学，以及那些提前来抄作业的（然而我是一直认为不管做没做作业，都要昂首挺胸地面对老师才行），靠在暖气片上取暖的家伙，复印资料的教员，还能见到音乐大厅里给乐器调音的老师。

然后我看到他了。

皮索把自己裹得严严实实的走进来了，他穿了一件深色外套，脖子上围着紫色围巾，戴一顶有耳套的帽子。他发现眼镜模糊了，于是取下来擦了擦。

"嘿！"我喊了一声，突然抓住他。

他吓得一转身差点摔倒，赶紧把眼镜重新戴上。

"你想干吗？"

"我要跟你聊几句。"

他睁大眼睛，看了看周围仿佛要寻求援助。他应该还不习惯有人主动找他说话，如果有的话，多半不是什么好事。尽管他有些害怕，但是眼睛里还是闪过一丝傲慢。

"聊什么？"

"你怎么知道我兄弟的？"

他的嘴角泛出一抹苦笑："我妈妈告诉我的。"

"你妈妈和我妈妈很熟吗？"

"应该是吧，我不知道。"

"为什么你妈要插手跟她扯不上关系的事呢？"

"我妈妈是……"

"可能你妈和你是一种人，就是这么回事。"男孩们之间有一条不成文的规矩，说别人的妈妈是最大的冒犯。我的意思是我是认真的，但他似乎理解不来。

"对，我们是很像。"他说，"她也是聪明绝顶的人，她赢过……"

"谁在乎你妈赢了什么鬼东西，皮索。你和她别再多管闲事了，离我们家人远点。"我靠过去抓住他的衣领，压低声音说，"要是我发现你跟别人提起我的兄弟，要是我发现你四处乱说的话，就送你们去另外一个星球，你，还有你妈妈，你们全家。"

"好吧。"

"闭嘴就好，就当自己是个木筏。"

"木筏？"他皱了皱眉，看上去眼睛似乎都眯了起来。

"你觉得木筏会开口说话吗？"

"不是，不应该说木筏，而是说……"

"怎么说我不管，我只管你不该说的事情。从今往后都闭嘴，除非你意大利语考试得四分的时候。"

"四分绝对不可能。"

"这就对了。"为了让他加深印象，我过了一会儿才松手。就像电影里面演的，用力拽了他一下再放开，然后什么都不说，恶狠狠地看他一眼，后退一步，转身走向教室。我沿着走廊走到一半的时候，还能切切实实地感觉到他鼻子的轮廓抵住我的身体，那一瞬间，我的胃好像被一种奇怪的东西抽空了，依然是那道叫"有罪"的裂缝。该死，我都做了些什么？我这辈子没威胁过任何人。我不会做这种事情。我变成什么样的人了？虽然维托说的时候是出于好意，但是我却真的做了，去威胁他，远离我们兄弟俩。

那天下午我和高丝（Goss）去阿里安娜家，研究动物的防御行为。高丝的本名叫埃莱特拉，但是因为她知道学校所有的绯闻八卦，所以有了这个外号。我们在厨房里摆了两台电脑，资料随手扔在旁边。阿里安娜的家和我小姨家挺像的，让我感觉很舒服。

"你们听这个，"高丝滑动鼠标，点开某个我们之前找到的动物学家博客上的一篇文章，一边大声说，"得克萨斯州的蜥蜴会从眼睛里喷出血来装死，吓退捕食者。"

"太恐怖了。"阿里安娜说。

"还有一条关于埃及夜鹰的。"

"什么？"

"埃及夜鹰。一种鸟。它可以伪装成沙土的灰色，就不会被其他猛禽发现。"

我笑了："沙灰色的鸟，也很漂亮啊。"

"喂，"阿里安娜说，"我们暂停一下吧，烤箱里有我外婆做的巧克力蛋糕和雪梨蛋糕。"

"好的，行。不过我更喜欢伪装成沙土色的巧克力蛋糕和雪梨蛋糕。"

"你想当一棵梨树吧？"

高丝直接给我胳膊来了一拳。

"哎哟！"我抱怨说，"很痛的。"

高丝的电话铃响了，趁她去接电话的时候，我和阿里安娜去了小阳台，坐在摇椅上。虽然是冬天，太阳还是出来了，比前几天暖和些。

我们都穿着长绒外套，我的是枣红色，她的是浅蓝色，还戴了顶羊毛帽。阳台看上去不像每天都打扫，不过种了很多不是很常见的植物。这些植物的枝叶干巴巴的，没有开花的，跟我此刻的心情完全不同。我们安静地待了一会儿，慢慢吃着蛋糕，我总是忍不住偷偷看她，阳光流转在她的头发上，泛出栗色的光芒；她的手垂在靠垫上，离我的手很近。

"你听说过菲利普的事吗？"她忽然问我。

"马尔杜卓？"

"不是，别闹了。谁管马尔杜卓的事，我说的是菲利普·朗格拉。"

"他闯了什么祸？在浴室里吸烟还是在教室里骂人？他们把他抓起来了？"

"都不是。"她用几乎察觉不到的幅度轻轻晃动着摇椅。

"成了你男朋友？"我豁出去问了一句。

"别扯了。为什么你这么问？"

"呃，就是因为……"我眼睛看向别的地方。

"他进了神学院。"

"什么？"我挺直身子，"不是吧，开玩笑的吧？"

"我可不会。"

"菲利普·朗格拉可是学校最好的中锋，每个女孩子都想和他……他居然想当神父？"

"课间休息的时候听说的。"

"高丝知道吗？"

"我不晓得。"

"要是你比她先知道这种事，她会寻短见的。"

阿里安娜笑了笑，吃掉最后一口蛋糕。

"你不觉得菲利普和夜鹰很像吗？"她问道。

"我们以为了解他，可是看到的不过是他的面具，其实他把自己埋在沙土里。"

"谁会想到……"

阿里安娜甩甩头，做了一个好玩的动作，我真想靠在她身边，后半辈子永远和她待在这张摇椅上。

"而且，"她顺着思绪一点点继续说下去，就像是另有一个阿里安娜在迷宫里指路一样，"你发现没有，很多人和菲利普一样。比如朱利奥，他在班上第一名，你觉得他身边的朋友也认为他是天才吗？有一天我见了一个跟他住同一栋公寓的来找我跳舞的女孩，说起朱利奥的时候，我说他在我们班平均分最高，她就笑了。真的，她好像把我当成一个骗子。太难让她相信了。你再想想阿莱西娅，她其实喜欢迪士尼主题的衣服，那些看上去傻傻的 T 恤……满衣柜都是，我亲眼看见的。我曾经问过她为什么从来不在学校穿，她说会不好意思，因为学校里大家都喜欢穿有个性的……你懂得，得体的裤子，等等。什么是得体的，我很想知道这是什么鬼意思。"

"夜鹰的世界。"我低声说了一句。

"没错。"

我想要开口说点别的，却说不出口。我想握住她的手，说其实我也是夜鹰国的，是王子，是统领者，是一个盛满了谎言的容器。跟谁都笑嘻嘻的贾科莫，总是吐出段子的贾科莫，其实忧虑很多事情。

我想跟她说乔的事，想说对不起以前从来没有告诉过她，而她会说没关系。我真的想这么做，可我费尽力气挤不出一个字，说出口的却是："唯一自负和别人不一样的是皮索吧，所以他一个朋友都没有。"

这时候高丝进来了："嘿，你们是回来继续完成作业呢，还是拍一张你们两个坐在摇椅上的照片给老师看？”

我赶紧站起来，就好像做了什么见不得人的事而吓了一跳。阿里安娜吸了一口冷空气，仍然待了一会儿，闭上眼睛，面朝微温的午后阳光。

“下一个动物是？”她有气无力地问道。

“飞鱼。”高丝答道。

“它们有什么防御系统？”

高丝回答说：“是飞。我们以为它们喜欢飞，因为飞起来很美。其实是为了躲避捕食者。可笑吧？飞鱼啊，看上去自由而又有诗意，不过是为了避免死亡罢了。”

第六章

暴龙，我选你

有天早上，学校带我们去参加道路安全的宣讲会，很大的阵势，开场放映了一部教育片。一个小伙子在影片中现身说法，因为他的醉酒行为，导致最好的朋友丧生。还有一个年轻人，是个皮划艇运动员，他用自己举例给我们提建议，我觉得他的意思是年轻人可以不过那种嗨翻飞、高麻醉自己的日子，要是他真是这样想的，那他棒棒哒，我们应该向他学习。

会场也来了其他学校的人，准确来说，是维托学校的。所以有维托他们班。我瞧见他了。

我过去给了他脖子一个格杀的动作，这是我俩看到毛利人的舞蹈后发明的打招呼的方式。我们躲开班上的同学，没有按照老师指定的位置，而是坐到会场后面一个不起眼的地方去了。

"你喜欢的那个人在吗？"维托问我。

我说："谁？阿里安娜？"

"你自己知道，要不我说给你听？"

我抬起手，指向我们前面坐着的两个男孩子的右边，维托往前凑了凑好看得更清楚一点。

"栗色头发，穿红毛衣的？"

我啧了一声，意思就是：不得了，厉害，就是她。

维托摇了摇头表示不认可。

"怎么了？"

"马扎啊，对你来说她太漂亮了点。"

"你也不是布拉德·皮特好吧。"

"有什么关系？反正我不会追她这种类型。我会选跟我配的人，也许马马虎虎，不过至少追得上吧。而不是一直在别人后面流口水没有结果。"

"我可没流口水。"

"好吧，反正你知道我什么意思。噢，看那边……"

往前数第四排第二个那个家伙正在低头看手机，也许是看什么视频。老师像悄然出没的鲨鱼般来到他背后。

"惨了……"

真不错，手机被没收了。

整个场地里到处都是聊天的人，仿佛冰裂开时嘎嘎吱吱的声响，前来指导的心理学家就像跳跃地在冰层上面走，但显然她也很怕沉没下去。有假装在记笔记其实是在本子上画漫画的；有昏昏欲睡的；还有眼睛虽然盯着讲台，心却不知道飞到哪里去的。我们后面有三个年纪更大的男生，也许是高中生，凑在一起嘀嘀咕咕，刚开始我也没怎么注意。因为又轮到那位皮划艇运动员了，其实他也没那么不好，说话很快很风趣。直到听到后面人的讨论中出现了"唐氏综合征"这个词，那一瞬间仿佛熔岩忽然爆发。

我没有转过去，但是耳朵却聚精会神起来，仿佛收音机只调到其中一个频道而不管别的了。

其中一个人说他家的狗得了唐氏综合征，行为举止傻傻的，比如不把碗放在某个特定的位置它就拒绝吃东西；另外一个人插嘴说他的狗症状更严重，昨天它听见电视里有喵喵叫的声音，就发狂地在家里跑来跑去地找猫，还抓倒了一个玻璃花瓶。第三人说的是他阿姨家的狗，大概算是病中极品了，它害怕苍蝇，只要看见它们嗡嗡嗡地在家里飞来飞去，就会害怕得躲到洗衣机后面，有一次一只苍蝇可能离它太近了，吓得它直往猫洞里钻，就是门上面开的那个让猫自由进出的小洞，结果给卡住了。

我假装转过身去找什么人，顺便看了他们一眼。怎么说呢？是三个看上去绝对很正常的人。他们还在那儿东拉西扯，下意识地说一些跟他们年纪不符的东西，比如说他们的狗得了唐氏综合征这类大人的话题。我很奇怪，为什么现在我老是听见有人说唐氏综合征，不论何时，不论何地，他们随随便便就脱口而出，满不在乎地就像是说个口头禅或者是讽刺什么东西。

为了不让后面的人听到，我极力压低声音跟维托说起这事，他总是能扯出个答案来。

"噢，你看，"他说，"就好像黑色轿车热卖的时候，我走到哪里都能看到它。真是疯了。我一辈子都没见过那么多这种车。所以你经常听到'唐氏综合征'这个词，说明你总在想它而已……"

"你的意思是只是巧合？"

"不然呢？生命中到处都是巧合。你知道希特勒和拿破仑的事吗？"

"哪件事？"

"有个历史学家说的，他说希特勒和拿破仑出生年份差了129年，他们俩从执政到倒台之间差了129年，他们对俄宣战的日期也差了129年……"

"这跟我听见'唐氏综合征'有什么关系？"

"我怎么知道，难道你不觉得很巧吗？"

不久后的一个周末，我们全家人聚在一起。一般我说全家的时候就包括费德阿姨、保罗叔叔、布鲁娜外婆和皮埃娜奶奶、路易莎姑姑和她全家，以及埃莱娜姑姑一家。路易莎姑姑家有她、梅勒斯姑父、我的表兄弟斯特凡诺和莱昂德罗，他们去瑞士苏黎世定居前，也在纽约和英国住过好些年。埃莱娜姑姑家是她和乔万尼姑父，以及另两个表弟弗朗西斯科和托马斯，乔万尼姑父的工作经常变动，所以他们一开始住在巴黎，后来去了罗马、里约热内卢，现在又回巴黎了。

我们一年才聚几次，无论什么时候见都只交换圣诞礼物，所以有可能在3月或者7月就互相送圣诞礼物。

有一次乔收到一个塑胶的剑龙玩具，我们全家都晓得只要送给他跟恐龙有关的东西，他就会开心得不得了。但是那个剑龙不知道有什么特别的，竟然对他产生了催眠效果，远远超过了另一个他从来没有收到过的栗色马玩具。他拖着剑龙玩具远离大家，似乎他和他的头脑已经进入某个史前年代，完全不在乎眼下这帮亲戚们了。

乔盘腿坐在角落里，抓起剑龙，仿佛世界上其他一切事物都已消失。他的周围只有剑龙，给它一个拥抱，拍拍它的背，给它讲笑话，各种故事混在一起讲，方言、普通话夹杂不清。叔叔阿姨、爷爷奶奶过去拍拍他也不理，跟他说话也不回应，就算拧他一下都没动静。兄弟姐妹们想介入进来，他依然无动于衷。

因为他进入了瞬间即永恒的状态。乔就好像定格了一张照片，他沉浸其中，一起生活、玩闹，如果照片弄脏了或者撕破了，他就马上再拍一张。竭尽全力地活在当下。本来他是一闻到菊苣面香味就要跳起来的人，此刻最重要的事却只有他的新玩具。年纪最大的表哥斯特凡诺和我姐姐乔娅拉同岁，他说他可以把乔叫过来，并拿了一碗花生过去引诱他，结果无功而返，只好去和我爸爸说话了。他弟弟莱昂德罗目睹了哥哥的失败，也不打算尝试了；而另外两个小一点的表弟弗朗西斯科和托马斯，在乔万尼身边蹲着玩游戏的时候，居然立刻受到了剑龙的攻击。托马斯赶紧站起来，跑去问他妈妈："为什么乔万尼不理我呀？他怎么了？"

埃莱娜姑姑答道："没事，别担心，他就是被自己的新玩法迷住了。都怪我们选的玩具太好玩了。"

"那他等下会过来吗？"托马斯继续问。

"会的，会来，你们现在坐好了……"

就是这样，他会来吗？他怎么了？他为什么会这样？是那些在我像他这么大的时候会问的问题，那些我现在丢下不管不顾的问题。乔没有过来我们也开饭了，聊起亲戚们的趣事，在国外生活怎么样之类的话题，根本停不下来，我也有点醉了。

埃莱娜姑姑说："你们知道吗，在里约有钱人会给他们家的狗举办泳池派对。然后还有人饿死在他们家门口。"

118

梅勒斯姑父说："据说在瑞士有个反PPT党，他们会在政党集会上抨击使用PPT的人。"

布鲁娜外婆说："我再也不会去伦敦了，我去过一次，我看到这牌子，拍了一张照片。"她给我们看的一张照片里有个指示牌写着："私人道路 儿童 死亡 慢行。"意思是在私人道路上要开慢一点，可能会有小孩出来玩耍。结果她说："会有——小孩——在这条路上慢慢——死去。伦敦人都疯了吧。"

我们笑得都要从椅子上摔下去，很显然我们更愿意接受她的解释。我不知道该面朝谁，听谁说话，好像长了十个耳朵。家庭聚会让我产生了强烈的出走欲，我想坏游世界：在巴西的沙滩上玩排球、去英国畅饮威士忌、在巴黎夕阳下的林荫大道中漫步。世界对我而言就是一个冰激凌店，不同的城市如同品尝各种格子里的口味，配上我人生中最完美的蛋筒。

是我。

乔仍然沉浸在他的平行世界里。

他独自一人默默地和剑龙在玩。

我们时不时地转过身观察他。

他一整天都是如此。

午饭过后我们喊他来吃甜点，但他毫无反应，他有剑龙。大家要走的时候跟他打招呼，不知道下次什么时候再见了。我摇摇他，说来和亲戚们说再见，他不为所动，他有剑龙。

当只剩下我们俩的时候，我走过去问他："乔，你怎么不和我们待在一起？"

他指了指剑龙。

"明白，但是你要一年见不到他们了，或者更久。"

他指了指剑龙。

"可是玩具明天也见得到啊，你今天不乖。"

他指了指剑龙。就好像是我不懂。

我，我真想对这该死的剑龙发火。

我记得那段时间，我们在庭院里玩足球比赛的时候，我和乔讨论过足球的规则，他对整个过程不是太懂，比如他本该明白既有进攻也有防守，但是他搞不清楚目的是什么，就只对进球得分感兴趣。防守让他觉得很无聊。就连我进球他也高兴，因为在他的脑子里就不存在比赛，更不存在失败。有一天我教他什么是犯规，天哪，那一天太可怕了，他开始拉着我去踢足球，现在他都不管篮球了。结果让我的火气越来越大，我已经不像小学时那样，觉得他奇奇怪怪的举动是好玩的了。

外公以前总是说玩乐是一件严肃的事情，我呢，也是这么认为的，所以我开始一遍遍对乔重复，直到筋疲力尽：你要得分、得分、得分、得分、得分。不要犯规。不要犯规。不要犯规。不要犯规。不要犯规。我进球的时候你不要太开心。摔倒以后不要在地上打滚。踢球的时候不要去摘花。做错了应该道歉。不要用手碰球。不要跳舞。不要弄错球门。别把球给我，我们是对手。只有一个人能赢。别停下来看云。用力点踢。不行，该死，不要躲在篱笆后面突然抓我。别这么做，因为我知道你在那里，因为我看到你了。严肃点，看在神的分上！

无效。我越想教他，我越是把我的看法强加给他，他错得越多。难度堪比教一只梁龙踮着脚跳舞。我只有一个想法，我是对的，他是错的。我知道的他却不知道。我想要学习和提高，他不是。我想让他做作业，他偏要玩铅笔，还笑嘻嘻的，弄得我很焦躁，他也是，最后总是以一句"去他的"宣告结束。

乔万尼过去是一首舞曲。

乔万尼现在也是一首舞曲。

问题就在于他只听得到自己内心的音乐。

你们听没听过尼采说过的一段话："那些听不见音乐的人认为那些跳舞的人疯了。"我就是这样，那个时候我的的确确感受不到他心中的音乐。

4月的某个下午，只有我们俩来到了游乐园。天气好的时候妈妈就经常要我带他出来。我是没有勇气说不的,虽然答应下来,又很怕会撞见同学。那天晴空万里,空气清新。游乐园里有一个滑梯、两个秋千、一个跷跷板、一些树、几条在草地上追逐的小狗。我一般都让他自己玩,我就坐在长凳上,戴上耳机。显然乔不会像其他人那么玩。他不滑滑梯,也不荡秋千,不去爬小城堡,他会用沙子模拟看不见的火山爆发,让玩具们爬上跷跷板的两端,或者心无旁骛地陶醉于某些毫不起眼的细节中,比如一只昆虫、铁上生的锈、一块石头上的特殊纹路等,在他的游戏世界里,他扮演的是一名探险家、研究家,他似乎随时会被某些小东西的奇妙之处迷住。

他正在带滑梯的城堡下用细树枝搭一个新的房子,我一边心神恍惚地看着他,一边想阿里安娜居然给我打了一个电话来问作业的事情。要知道我可不是那种擅长在电话里指导别人学习的人,我在回想我俩的对话,心想她到底是真的问我呢,还是找了个借口跟我说话。我仔细琢磨着每一个语调、每一次停顿、说的每个词,就如同乔在仔细研究公园的方方面面。

乔这时正在和一个小女孩玩耍,他一如既往地冲来撞去,很容易让人家摔倒,小女孩自己倒不觉得有什么害怕的(起码到目前为止如此),但是我鉴于过去的经历还是很担心,于是对他喊道:"乔,当心点。"也顺便提醒下她的爸爸,那个坐得远远的和另外一个男人聊天的人,她爸爸正在像猫那样捋着他的胡子思索什么,感受不到危险的气息,依然不为所动,没有过去救他的女儿,只是远距离地看着,然后分心去聊天。

　　小女孩爬上滑梯，乔万尼又被别的东西吸引了。公园的一棵树上有两只乌鸦，叽叽喳喳地乱叫似乎要准备开战一般。那一天热得很奇怪，有一种不寻常的磁场，我感受着阳光的爱抚，耳朵里传来安东尼·凯迪斯的歌声："我将与鸟一同分享 / 这寂寞的风景……"〔引用红辣椒乐队的 *Scar Tissue*，作词作曲为：迈克尔·巴尔萨里（Michael Balzary）、约翰·弗拉西特（John Frusciante）、安东尼·凯迪斯（Anthony Kiedis）、查德·史密斯（Chad Smith）。出自 1999 年的专辑《加州淘金梦》（*Californication*）。〕

　　这时我看到一个骑车的男孩，大概十一岁，他跟两个朋友一起，看起来似乎是三个人中带头的，他随意踩着脚踏板，很有自信地骑着，就算其他两个人不顾场合吵得要命，好像飞起一群昆虫似的嗡嗡叫，他也就是笑笑。

　　我喜欢观察人，就像免费看戏，能学到很多东西，所以我继续盯着他们看。他们停止追逐打闹，来到一个喷泉旁喝水，其中一个人穿着一件荧光黄色的运动上衣，鬈发，含满一口水朝其他人喷去，吓得他们赶紧躲开免得被弄湿。那个看起来像是领头的穿着一件红色外套，戴一顶棒球帽，一边转身向乔万尼和小女孩玩耍的区域走去，一边跟其他人说着什么。这下轮到我有想法了，我眨眨眼睛，看着那三个人慢慢离开他们扔在地上的自行车，靠近乔万尼和小女孩。居然有我认识的人。

穿红外套的叫雅各布，是我们学校那个保罗的弟弟，保罗也念三年级，但是是其他班的。要是他看见我和乔万尼一起，要是他联想到什么，准会告诉他哥。

我忘记乔万尼正在做什么了，反正是他那些稀奇古怪的花样之一，比如让霸王龙和迅猛龙在空中激烈碰撞，想象之后地上砸出一个大坑，把它们都吸进去，并且用木头碎片和树叶营造核爆效果。

"嘿，你们看。"雅各布靠近乔万尼说，"看我们发现什么了？"

有一个人往四周看了看，看是不是有大人过来保护他的儿子。但是没有，没有任何成年人在他的视线范围内。只有一个隔着一定距离，坐着听红辣椒乐队的懦弱的哥哥，他只敢用指甲刮着木凳，发泄心中的挫败感。

乔万尼依然没有感知到什么，他继续玩他的游戏，仿佛身处一个独立的时空泡泡空间中。他不看别人，也不听。而我不行。似乎风把他们嘲弄的声音清清楚楚地传送过来，感觉就在眼前触手可及。

"你们看到他正面了吗？"

"舌头？舌头怎么会……真不敢相信。"

"嘿！你在做什么呢，扁脑袋？"

他们把他围成一个圈，就像印第安人围攻大篷车，于是乔也不可能不注意到他们了。他慢慢地抬头看着他们，我隔得太远看不清楚他的眼神，但是我百分百知道，他会露出疑惑、无聊又不安相混杂的表情。

124

雅各布蹲下来，用手指弹了弹他的前额："喂，这里有人吗？"

其他人大笑起来。

这个时候，就是这种时候，一位哥哥应该起身离开他的板凳，直接走向雅各布，带着为了全世界最值得去做的表情，轮到我问：你小子有什么问题吗？

起来啊，我对自己说，你要让别人知道，你是他的哥哥。起来，快选择站起来，浑蛋，选啊。

那个穿黄色上衣的男孩说："你们觉得，要是靠太近他会不会咬我啊。"

其他人又放声大笑。

我浑身无力，仿佛跑完长跑以后大口喘着气，屁股好像被凳子粘住了。我不停地对自己说要站起来，去帮他，我自己的声音响彻在脑海里，似乎从一口深井中传来，就像催眠似的，让人昏昏沉沉。

"你看他眼睛像不像中国人的？"另一个人说。

"说点中文啊，来啊……你会说什么？你知道怎么用中文说'××'吗？"

乔已经明白他们不是在玩游戏，虽然他是被耍弄的对象，他却觉得没关系，小事一桩。他有兄弟在，一个真正的兄弟，而不是像我这样的废人。一个会跑过去像赶走刨花坛的野狗一样赶走这些烂人的兄弟。他只要装作没事不做反应就好了，于是他朝我这边看过来，意思是问我能不能为了这种小事出面一下。

他在探索我的眼神。

我却低下了头。

我努力控制自己去听凯迪斯的歌声："我想让你看到我的疤痕。"（引用红辣椒乐队的 Scar Tissue。）

雅各布开始对我兄弟说一些恶毒的话，让人恶心的声音。

乔什么也听不懂，他大叫："暴龙！"他想让暴龙来救他，至少暴龙能出现，因为我已经抛弃他了。"暴龙！"他又喊了两次、三次、四次。可是唯一能明白"暴龙"是什么的只有我——他没用的兄弟。乱喊乱叫的乔万尼让那群家伙更加放肆大笑。

我无法直视他们，只是偷偷看到小女孩的父亲突然走过去了。雅各布他们几个也看到了，也许以为是这个被他们欺负的傻瓜的爸爸或者叔叔，于是他们脚底抹油溜走了。爸爸走近他的女儿，帮她整了整衣领，温柔地说了些什么逗得女孩笑了，然后牵着她的手走远了。

我等着那几个人消失在喷泉后头。

雅各布和他的狗腿子们骑上自行车走了。

直到这时候我才站起身来，跑向乔万尼。

公园里空无一人，没有浑蛋，没有其他小孩，甚至连老人家和狗狗都仿佛消失了。由于其他人都不在了，我在乔身边跪下，乔虽然对我很失望，但是他已经恢复得像没事人一样了。我却开始大哭起来。

我哭啊哭，乔好奇地看着我，什么也不说。我想抱抱他，但是伸不出手。我想平复下来，对他说我们回家吧，可是我哭了一路，眼泪不停地流下来。乔用探询的眼神望着我，收到的回答只有泪水。我不敢看他。沉默，只有被路过的发动机声和抽泣声打破的沉默，我们回到了栗木大街。

我们来到家门前，乔按响了门铃。

"没人在，"我流着泪说，"我有钥匙……"我摸摸口袋，我把钥匙放哪儿了？

乔万尼又按了一次。

"我说了没人，等等……"我又摸了摸裤子和上衣，还用袖子擦了擦鼻子。

乔万尼还是按响了门铃。他喜欢按门铃。

"谁都不在，你听不懂吗？等一下……"可是钥匙并没有跳出来，我应该带了的。我们被关在外面了。乔万尼把大拇指放在门铃上，按了又按。他还乐了。门铃的声音不断侵入我的大脑，我终于忍不住了。"够了！我说过没人，"我大喊道，"别按了！"

我吼叫着把他推倒在地上。

第七章

小约翰

"技巧就是，"爸爸抓着我的肩膀讲解道，"你看上去要很有信心。"他跪在地毯上，眼睛直勾勾地看着我。空气中传来西红柿和洋葱的香味，妈妈终于决定开始做酱汁罐头了。

　　"比如说？"我毫无信心地摇摇头。

　　"问我点什么。"

　　我叹了口气："什么？"

　　"随便什么。"

　　"……"

　　"快快快，问我一个问题。"

　　"导致全球变暖的因素是什么？"

　　"因为我儿子放的屁。"他仿佛理所应当地回答道。

　　"大卫！"妈妈受不了了。

　　我爆笑起来。

"别管她。"爸爸说，"你说什么不重要，"他更加用力地抓住我的肩膀，就像要刻个手印子上去，"重要的是怎么说。懂了吗？"

我点点头。

"真的懂了？"

我又点了点头。

总之，在我像做贼一般从荆棘丛中匍匐爬过的人生当中，终于迎来了初中三年级的口试。有一半老师我喜欢，另一半嘛，看我的脸就知道，我宁愿去泥里打滚。历史、自然科学、数学和体操（对，体操），从"三十年战争"结束以后都没有上过六分，当然我都压根不知道"三十年战争"是什么时候发生的，肯定很久很久就对了。

［注：（1618年—1648年），是由神圣罗马帝国的内战演变而成的全欧参与的一次大规模国际战争。战争以哈布斯堡王朝战败并签订《威斯特发里亚和约》而告结束。］

而技术教育、美术、意大利文、音乐、英语和宗教（是的，宗教有什么问题吗），高分唾手可得。历史在我搞不定的科目中高居第一位。出于某些神秘的原因，也许是对我接收信息的神经元突触来说信息量太大了。但是发送威廉·布莱克的诗歌过来，记忆就能很轻松地接住；而关于《维拉弗兰卡停战协定》（注：1859年7月，拿破仑三世与奥地利签署的损害意大利民族利益的停战协议）签订的日期就不知道。

我走到花园，乔娅拉、爱丽丝和乔沐浴在和煦的阳光下，正在做早餐。空气中洋溢着兴高采烈的味道，吹向面临6月将尽的生活和人们。小鸟们齐声欢唱，蜜蜂们围着果酱瓶子嗡嗡叫唤，每一口呼吸都充满希望。

"我走了。"我说道。

"祝你好运。"乔娅拉说。

"希望你活着回来。"爱丽丝说。

我转过身，举起手做了一个"V"的动作。不过走到一半的时候我又转回去了："嘿，乔。"

他从米奶中抬起眼看我，似乎在说："怎么了，你想干什么？没看见我在喝东西吗？"

"我走了。"我说。

"二十分钟吗？"他放下"超凡战队"（Power Rangers）的杯子问。

"是的。我去二十分钟就回来，有什么好提议吗？"

他指了指桌子上瓶瓶罐罐之间的梁龙，那只脖子又直又长的。

"我应该昂首挺胸地走出去？"

他点点头，重新把脸埋进米奶中。

这个回答让我颇费思量，不过我决定假装很适应地去学它的姿势。

总之我出发了，重要的是昂首挺胸地出门了。

于是我和福斯卡自行车都很激动地出了门，我当然比它更甚，耳朵里听着黑键乐队（Black Keys）的歌，在这个夏日初始的灿烂早晨，奔向我的命运。

初中生涯就要结束了。见鬼。就好像昨天我才刚入学。时间就是如此：时间是个浑蛋。它会给你设埋伏，你想快的时候它会变慢，你想停的时候它却开始跑。

骑往学校的我那天早晨问自己，初中结束是不是真的是种解脱。是否能让我重新开启新的一天的黎明。我是否可以整理我的所思所想，正视我的恐惧，发现自我和我想要做的事情。家里已经发起了一个作战计划来帮我择校，最终我决定去读理科类高中。

我一到乔尔乔内（Giogione）中学，就在院子里碰到了高丝，她刚刚考完。

"嘿，怎么样？"

"呃，我希望名字说对能让他们给我加点分……"

"谁的名字？"

"我的。"

"这么惨？"

她耸耸肩膀："谁知道呢。"

"最难的问题是……？"

"塔索老师的，谁会想到她问我拿破仑什么时候对俄宣战的。不过我确实不记得有宣战这回事了。我的意思是，这也算是今年的头号大题……"

"不。"我愤愤不平地说，"他们不能出这种题。"

"不出才怪。"

我挠了挠脸颊，跟她说再见准备出发，然后又转过身。

"高丝，我最好还是知道，如果他们问我……"

"什么？"

"什么时候宣战来着？"

"1812 年，她最后告诉我了，冷冰冰的眼神，让人讨厌的语调，你能想象到吧？"

我点点头。

"好吧，我走了。"

"以后见。"

"以后见。"

我在庭院里待了一会儿，看着她低头走掉，两只手垂在身侧走在石子路上，拖出两条灰心丧气的轨迹。我就像将要被判刑的人一样，抬眼看了看自己教室的窗户。我想，别再等了，没意义。走吧。

至少阿里安娜还在我心中，虽然她昨天已经考过了。于是轮到我跟几个那天早上只能说出你好、你好的同学在走廊上等着，每个人都在隐藏自己的恐惧：有的人只是闭着眼睛，嘴巴念念有词地重复日期和公式；有的人祷告；有的人一直前前后后地走来走去；还有人紧张得神经质发作，像咖啡店里搅拌机开动那样嘎吱傻笑。

总之，那一刻终于到了。

"早上好。"我进去问了声好。桌子被排成马蹄形，教室很小，比我记忆中的要小，他们可能晚上挪动了墙壁，教室正对着庭院，玻璃上的灰尘在灿烂的阳光中闪烁，让我忍不住分心去想节假日的光景。我想我应该找条路逃跑才是。越狱。可惜一切都被封锁了。

"噢，是马扎里奥。"技术课、艺术课、意大利文课、音乐课、宗教和英文课的老师们发出的声音是和谐的，让人放松的。甚至有几门我课业成绩不错的老师还露出了笑容。

"噢，是马扎里奥。"数学课、体育课、科学课老师的声音一发出来，就好像是有人看到蟑螂爬出缝隙时的语调，他们绷直了背，用指尖压了压鼻梁上的眼镜，手中握着的笔如同刀子。有的老师开始翻考试书，思考要问我什么问题。他们这一排的正中间坐的就是塔索老师。她都不带打招呼的。

"你准备了什么？"她看都不看我一眼地问道。

"我能先坐下吗？"话一出口我就被自己狂妄的语气吓到了。要是她不让我坐的话，我大概就要当场昏过去。

她示意我随便。

我从旁边拉来一把椅子，还发出了难听的声音。

"怎么了？"她用手指敲着桌面，面有怒色地问道。

"我准备的文章是……"

塔索老师咳嗽一声，清了清嗓子，然后在她的小包里找润喉糖。

"……关于说服的艺术。"

喜欢我的老师们散发出慈爱的目光，他们互相交流了一个强烈赞同的眼神。另外一些则明显流露出不屑一顾的神情。

"继续，"塔索老师哼了一声，"说说看吧。"

我开始回答，整体表现还不错。

不过接下来的是不同学科老师的问题。就好像刚走完第一段路，还要继续往上爬。我好像手里拿着一朵花，正一片片地撕下花瓣，嘴里嘟囔着爱我，不爱我：好老师的问题，坏老师的问题，似乎唯一的标准取决于老师的好坏，是站在我这边的呢，还是看不惯我的，真是泾渭分明。

科学课的老师问我的研究是不是跟神经系统有关系，说服的艺术和神经系统？这是什么？有什么关系？我谈论这个话题的时候心神不宁，我不觉得是这层关系，还要硬着头皮回答说"是"，因为他既然问了，那么，他要的答案应该就是这个。不过后面解释得无法自圆其说，他示意我停下来，然后低着头高兴地在纸上写着什么，就好像他从盘子里弄掉了一只苍蝇。技术课的老师，我的良师益友，他问我带来的文章用了什么材料。我本来觉得会不会是陷阱，不行，我不能这么想，所以我说："纸……"然后他点点头。体育课老师要我解释矢状面的动作。我想起爸爸说过的话，开始正襟危坐地谈论起射手座以及其射箭的动作，不过在我刚说出"星座"这个词时他就挥手制止了我。

音乐和美术类的问题回答得挺好，英语部分发挥得超级好。

数学简直是灾难。

终于轮到历史了。

塔索老师身穿沼泽绿色的毛衣和烟灰色的衬衫。问问题之前，她透过眼镜打量我来着。我吸了一口气，仿佛听到了野狼的嚎叫，又好像感觉到干草堆被一阵来自沙漠的风吹动。

"你有什么想谈的话题吗？"她带点嘶哑的声音问。

"好，好的，因为我的主题是说服，那么，与此有关系的……比如征服利比亚（注：1912 年，意大利打败奥斯曼帝国，利比亚从此沦为意大利殖民地）以后意大利如何宣传。"

"所以你准备的是征服利比亚？"

"对。"

"好。那我们来谈谈第二次世界大战。"

我其实并没有准备好，其实我什么都知道得不多，我只是肯定知道她绝对不会问我已经研究过的问题。但是第二次世界大战，我又了解多少呢？

"希特勒对俄国宣战是哪一年？"

恐惧。

白噪声。

空间辐射。

希特勒等于德国，俄国等于俄罗斯。第二次世界大战是1940年－1945年。德国当然是对付俄国的。几秒钟之内，我的头脑中仿佛变成了威利·旺卡（Willy Wonka）的巧克力工厂：矮人国的小矮人们在欢唱，糖浆连绵不断地流成河。一刹那间我灵光一闪，浮现出我和维托在道路安全宣传会上的对话，我们不是讨论过巧合吗？那个数字是：129。希特勒和拿破仑做类似的事相差129年。高丝说什么来着？拿破仑对俄宣战是1812年。所以希特勒是在129年后做了同样的事。只要用1812加上129就能得出答案了。可是没有计算器要我怎么加？这么大的数啊。

"马扎里奥。"塔索老师说。

"嗯？"

"我在等你回答。"

"好的。"

1812+129，该死。我对自己说，镇定，保持冷静。1812+100=
1912，1912+20=1932。

"时间不够了，马扎里奥。希特勒，什么时候，对俄宣战？"

"好的……马上……再给我一点时间。"

1932+9，1932+9，1932+9……1943？不对，1941。

"马扎里奥，不要……"

"1941 年。"我说。

塔索老师肩膀往后缩了缩，睁大了眼睛，不过就那么一下下，她微
微绷紧的嘴唇并没有传达出任何意思，更别提笑了。

"继续吧。"她说。

那一刻，我被自己既有逻辑又会算数的能力惊喜到了，于是我真
的勇往直前了。怎么说呢，我仿佛被爸爸的建议附了身，慢慢展示出
满满的自信，就算是第二次世界大战中那些我不是很清楚的事件也可
以搭上话，我说得太快以至于谁都不能阻止我，甚至塔索老师也只能
打断我来问下一个问题。终于到了某个时刻，塔索老师举起双手，手
掌对着我，半闭着眼睛说："好了，好了，马扎里奥。这样就好。够了，
你可以走了。"

我站了起来，像梁龙那样，昂首挺胸地走出教室，下到庭院。拥有

无穷乐趣的世界仿佛已经向我敞开怀抱。

接下来就是 7 月了，带着海洋味道的 7 月。

今年我们要在海边待上三个星期，去同样的露营地，去住在通常可以容纳我们六个人的房车里，停在以往夏天来时的同一个地方。

马扎里奥家的海边度假日程是：早上十点起床，去海边，花半个小时给所有人涂上防晒霜，冲凉，中午回到房车，其中一个人准备午饭。我们是轮流做饭制，星期六轮到乔的时候就点比萨。而星期天，每个人都期望其他人会神奇地出现在炉灶旁。下午休息到三点钟，虽然有乔万尼在身边不可能真正休息好，我们只是到点了就重新擦好防晒霜，去游泳池游泳到五点。然后吃点涂上 Nutella 巧克力酱的面包，接着又是一轮防晒霜，去海里玩到七点。洗完澡吃晚饭，露营的舞会我们不去，也不去看戏。晚上十点吃冰激凌。换上睡衣，睡觉。每一天都遵循同样清晰的节奏，当然对乔万尼来说不是。

这一带百分之八十都是德国人。我跟他们学会说 "Die Katze in der Kühl"，意思是猫待在一个很冷的地方。"Meine Kuli ist rot"——我的笔是红色的。

德国人。

挺有意思的。

我记得他们总在营地里或者自己的房车外面消磨掉大量时间，狂吃Nutella 巧克力酱，啤酒喝了起码有几百斤，不停地涂防晒霜。他们的小孩子喜欢推着没有脚踏板的自行车到处玩，因为被禁止下海，所以就算不会游泳的也会往泳池里跳。我惊讶的是我们刚吃完下午茶他们就开始吃晚饭。他们说的单词长得要命，差不多每个家庭都有一件国家足球队样式的球衣。

营地里的意大利人中，有一家人带着一个九岁的小男孩住在另一边，他一天到晚拿着一把发出"开火，开火"声音的玩具步枪，见到什么东西就射击。另外还有一家人，在房车外面仔细摆放了一套花园里的那种小矮人，显然对此颇为自豪。

那年夏天，发生了三次造成重大影响的事件。

第一次事件发生在某天晚上，当地会上演那种动画片改编的让人尴尬又难受的戏剧。我们去了其中一场，演的是《狮子王》，还算不太可怕。当时的情形是，乔娅拉、爱丽丝、乔万尼和我，我们四个坐在第一排。一百个座位中九十六个坐的是金黄色头发的德国佬，四个坐的是棕色头发的马扎里奥家人。虽然营地里的外国人明显偏多，但是不知道为什么演出还是意大利语，所以那九十六个人除了看舞台就是看我们，好明白什么时候该笑，什么时候该鼓掌。

就在刀疤——不是我的朋友，而是演员刀疤——和辛巴进行一场激烈决斗的时候，我发现坐在我旁边的乔突然消失了。

我推了推乔娅拉的手臂："喂，乔不见了。"

"他去哪儿了？"

"我不知道啊。"

乔娅拉站起来看看四周，这个时候我们听到了德国人的笑声。我以为是他们误解了我姐姐的动作。但是不是。爱丽丝第一个找到了原因。

"你们看那儿……"她指着舞台说。

乔不知道什么时候溜上去了，就像一名愤怒的复仇女，冲向正在和刀疤（坏人）搏斗的辛巴（好人）。

"我去带他下来。"我叹了口气站起来，但是乔娅拉抓住了我。

"别管他。"

"可是……"

姐姐让我坐下来。

"随他去吧。谁说故事应该按他们写的那样完结。"

现在是乔万尼看上去搞不清楚谁是好人谁是坏人，他凭着简单的直觉认定了要去救刀疤，所以使出全身力气抱住扮演辛巴的演员的腿，按照脚本辛巴已经赢了，但是他还要继续演下去，要挣脱乔又不能让他受伤，结果演员摔倒在道具岩石上，还扯下身后一大堆纸做的假棕榈树的背景。

兴高采烈的德国小朋友们彻底发狂了，他们全都跳起来鼓掌，着了魔似的喊着让人听不懂的长句子。

这成了有史以来营地最成功的一次演出。

海边假期第二次重大事件的主角是那个拿着喷火玩具枪的意大利男孩。有天早晨他向我、爱丽丝和乔走过来，那时我们正在营地小路上一边散步一边等乔娅拉和爸妈起床。他斜挎着枪，看也不看我们，好像是巡逻队遇到了敌人那样，用肩膀抵住枪托，摆出射击的姿势。"他怎么回事？"他停下来拿枪瞄准我们问道。

"谁？"爱丽丝问。

他朝乔努了努下巴："他。"

爱丽丝转过来看了看我们的兄弟，大概明白了，然后她做出惊讶的表情，问："为什么这么问？"

"他说话奇怪。"

"说话奇怪？"

"脸也很奇怪。"

"嘿！"爱丽丝用手指压了压太阳穴，露出温和的微笑，"我懂了。

对不起，我们还不习惯遇到不跟我们住在一起的人……"

"哪里？"

"格陵兰岛。"

步枪男孩皱了皱眉头："格陵兰岛？"

"对啊。每次住半年。我们的爸爸是个勘探家。"

"你们住在格陵兰岛？"

"一半一半……"爱丽丝晃动手掌好让他更明白，"他是在那儿出生的哦，所以嘛，他只会说格陵兰语，长得也像格陵兰人。"

"格陵兰岛……"

"格陵兰人啊，要么说格陵兰语，要么说当地因纽特人的话。"

小男孩就像条鱼一样微张着嘴巴，表情看上去缓和了，步枪依然指着我们。

乔万尼说了几句话，意思大概是：我们要在这里和这个白痴浪费时间吗？爱丽丝反应极为敏捷，丢出一串带有"t"和"k"发音的回答。

"你们说什么呢？"步枪男孩问。

"我们该走了。我们的爸爸妈妈已经热好了驯鹿奶。"

"……奶？"

"对啊，你知不知道很难找的呀。为什么我们国家不进口呢？好吧，很高兴认识你。如果你想尝尝驯鹿奶，欢迎来找我们……"

爱丽丝经过小男孩的身旁，他看起来就像是一个刚刚看到飞碟着陆的人。乔万尼笑了，挥手表示再见。我也立刻跟在后面。等我们走得很远了我才回头偷偷看他，他还在那儿，步枪垂在半空，一脸不可思议的表情盯着我们看。

"你太了不起了。"我对爱丽丝说，"你怎么突然就想到格陵兰岛了？"

"昨天学的。"她耸耸肩膀，"假期作业。"

我开始观察爱丽丝。

我羡慕她。

羡慕她能够自然而然地保护乔万尼。

几个月前，在游乐园我也想做同样的事。可是我没有做到。我拿不出勇气。爱丽丝是我的妹妹，可是跟我比起来，她高大多了。

第三件大事跟 Nutella 有关。是的，正是如此。我和乔去超市买牛奶做早餐——不，不是驯鹿的……我知道巧克力酱快没了，就让乔去拿一罐，我自己去了冷藏区。

我找到一瓶平时喝的部分脱脂牛奶，回来找他。

然后我看到他了。

真不敢相信自己的眼睛，他在果酱和饼干区的通道里，拿了不止一罐 Nutella 酱。乔霸占了一辆别人留在通道的购物车，装满了巧克力酱，不，不仅仅是这样，他还清空了货架，把上面所有 Nutella 的罐子都拿了下来。然后爬上购物车，交叉着双腿，抱着胳膊等我，仿佛自己就是巧克力山丘的国王。

我先是气不打一处来，每次都是这样，只要他做出这种事，就弄得我既尴尬又恼火。我心想，好了，又要被骂了，别人会怪我没管好他，我们又要像以前那样丢人丢到家了。

"你在搞什么？"我压住火气，没敢太大声喊。

他说了几句话，意思是我们有一辈子吃不完的 Nutella 啦，还做了个手势，让我推着他走，然后就像他平时那样，一只手扶着下巴，另一只手放在身侧，面容严峻，摆出一副大无畏国王的架势。

那一瞬间忽然发生了什么。

我不知道该如何解释。

一样的灿烂清晨，阳光透过想把它拒之门外的百叶窗，明亮而不可阻挡地从每一个小孔、每一个缝隙中渗透进来。我想到爱丽丝，面对步枪男孩的她是怎么做的；我想到乔娅拉，她对我说"别管他"的时候，不是说结局不是一定是写好的吗？对了。谁能撰写我们的故事？谁能编排我和乔万尼的关系，或者我、他和世界的关系，谁呢？谁都不可以。我们是自己的作者。我们的故事我们做主。没有谁在我心中灌输被审判的恐惧，是我自己亲手培育出来的。

我决定游戏开始。

我轻轻地笑了。我笑的是乔万尼和他歪七扭八的生活，因为他以玩笑的轻松心态对待任何人、任何事而笑了。

我想到营地里到处都是离开 Nutella 和啤酒就活不下去的德国人，他们肯定也会陆陆续续地来超市，买上一罐 Nutella。我瞬间情绪高涨，推着购物车和乔万尼来到通道的尽头，开始守株待兔。过了还不到十分钟，一个穿着 T 恤和凉鞋、浑身散发着德国味的男人走到货架前想找什么东西却一无所获。他难以置信地看了看周围，嘴巴里念念叨叨，一脸失望地准备走了。然后他使劲看了我们一眼，走了过来。他扬起头，突然露出兴高采烈的模样，看了看装满 Nutella 的购物车，又看看我们；再看看购物车，又瞅了我们一眼。

"Nutella。"他指着罐子说。

"是的。"我用德语回了一句。

他噼里啪啦丢出一大串话，夹杂着好多"m"和"z"的音节，我猜他是无论如何都想要一罐 Nutella，问我们可不可以分一罐给他。

"一罐？"我用手指比画。

"是的，一罐……"他回答。

我做出若有所思的表情，假装和乔万尼热烈讨论起来。等到这位德国先生已经沉不住气了的时候，终于大方地让给他一罐。

他几乎就要上来拥抱我们了，简直不知道如何感谢才好，甚至鞠了好几个躬，紧紧抱着那一罐东西一边迈向收银台，一边用德语大喊"谢谢"，还转身朝我们挥手。

我和乔还没来得及交换一下意见，又来了两拨德国人，一拨是妈妈带着一个小婴儿，还有一位老先生，他们相隔着一定距离，都走向货架，唉，没有找到他们要的Nutella。好吧，同样的情节又开始上演了：先是失望，然后走向我们，看看购物车又看看坐在一大堆罐子上的乔万尼，他们说着怪声怪调的意大利语，语法漏洞百出，实在太好笑了，我和乔万尼不得不去想世界上最悲惨的事才能忍住不笑。我们同意分他们一罐，他们同样因为我们的慷慨而喜笑颜开，不停地说谢谢。老先生甚至留下了一欧元。我本来不要，他硬把硬币扔进我的口袋，摸摸我的头发，飞快地走了，生怕我们反悔似的。

我们大概分了一个小时的Nutella，在这段时间里，变身为赠送幸福的使者。然后我们回到房车，不过手中空空如也，Nutella都分完了，爸爸为此一个小时没有跟我们说话。

接下来几天，我们简直被德国人簇拥了，不论走到营地哪里，都有人停下来打招呼，说谢谢，还不止一个人跟我爸妈说他们的儿子很了不起。

到了该回家的时候，也到了怀念家乡菜的时候了。

但这次返回并未如同往常一样，有些事情已经改变。我变了，我身边的事物也变了。

维托跟家里人去美国度假了，阿里安娜去了普利亚的亲戚家，她决定不沉迷于手机或者别的东西，也不能给她父母打电话，要想听她的声音只能听秘书台留言了。

还好有布鲁奈和刀疤。

我一般午饭后去找他们，骑上福斯卡跟他们到处历险。当然不是做违法的事情。即便如此，刀疤也总是说，按照我们的司法体系，我们还来得及成为议员，去修改法律。我们骑车去了威尼斯，经过蜿蜒曲折的小巷，偷拿玉米，按别人家门铃，扔水气球进去，我们还跳过矮墙，进到一个废弃的别墅花园里抽烟。

夏季快结束的一天，我又邀请布鲁奈和刀疤来我家玩乐器。那段时间我们开始写自己的曲子，这回我压根没考虑谁会在家，就带着他们骑车直接去了。

我们跟家人一边打招呼，一边说我们要演奏，但不会太吵，然后就下到酒窖去了。布鲁奈霸占了吉他，刀疤敲鼓，我当键盘手。我记得当时我们还想过乐队的名字，本来想从"翻滚的石头""火车上的三十三个后卫""杀手加布里博"里面选一个，结果谁也没说服谁。我们先拿比费克利罗乐队（Biffy Clyro）（注：苏格兰摇滚乐队）的歌热身，弹得忘乎所以，我们即兴演奏，希望能够迸发出什么有趣的灵感来。正当我们沉浸在狂热的创作中时，乔万尼出现在楼梯上。

我整个人都僵住了。

我倒抽了一口气，停止了演奏。

我呆若木鸡地看了看乔万尼，又看了看布鲁奈和刀疤，然后又从他们身上把目光移向乔万尼。乔穿着一套连体运动服。他看着我们不说话。他来了，他的眼睛、他的脸、他站不直的身体出现了。然后乔开始跟着刀疤的鼓声摇头晃脑，甚至学起布鲁奈弹吉他的样子。他笑了起来，笑了又笑，我从未想到的是——我怎么从来没有想过——我的两个朋友也跟着他一起笑了起来，就好像他们面前突然出现一个患有唐氏综合征的小男孩是世界上再自然不过的事了。

我心想（我发誓我真的想过）：你们知道他是谁吗？是我的兄弟，他得了唐氏综合征。你们不吃惊也不觉得奇怪吗？你们什么都不问我？为什么你们没有说一些玩笑话来掩饰尴尬？为什么你们看起来很平静、毫不在意？为什么你们一点也不奇怪我从来没有提过他？因为即使你们对他并不惊讶，也至少对我隐瞒他这件事觉得意外吧，为什么不呢？

没有。

他们的表现一如平常。

他们很开心看到他,然后继续演奏了。

我那种平素里常有的苦涩滋味又涌了上来。但是我耳边又回想起乔娅拉在《狮子王》剧场里说的那句话:"别管他。随他去吧。"

乔喜欢音乐,因为音乐有动感。他什么都喜欢,就算我们即兴演奏弹得很烂他也觉得好玩。他走到布鲁奈的吉他旁边,跳了几下,我的朋友正跪在地上,模仿他在《摇滚学校》里看到的那种疯狂在地面滑动的弹法。

然后乔又爬到刀疤的腿上,刀疤也不管他,随他敲这儿敲那儿,当然完全摸不到节奏,不过我们也不是世界一流的摇滚乐队,就算有什么闪光点我们也察觉不到。布鲁奈和刀疤的演奏并没有被乔打断,唯一停下来的只有我而已。

乔发现这一点后,决定过来代替我弹电子琴。

他在琴键上偶尔也能敲出一个 7/8 拍的哆咪发哆的节奏,布鲁奈带着吉他过来了,刀疤也拖着架子和鼓跟着来了。我搞不懂。他们是要和我兄弟合奏吗?从这一刻起我真的像个白痴了。

于是我开始弹起来。

乔溜走了。

一分钟后他又回来了,戴了一顶奇怪的帽子,手里抱着一堆玩具。他又跳起舞来。布鲁奈和刀疤不再只是微笑,他们真的乐了,不过是发自内心充满善意的笑。乔跟着我们的曲子，带领玩偶们一起舞动，害得刀疤疯了似的如狂风骤雨般挥舞起鼓棍，接着布鲁奈也暴走了，他随着乔拿着霸王龙打他的节奏，一边弹一边在酒窖里狂奔。

在消除分歧方面，音乐是最好的介质。我面前如同有着两个放着同样音乐的扩音器，音乐流淌进我们的身体，又通过我们的身体表现出来。布鲁奈在吐舌头，刀疤正摇头晃脑，我闭着眼睛扭动着肩膀，乔扔掉玩具，自己跳啊跳。

后来在道别的时候，我跟刀疤和布鲁奈坦白了一切。关于乔和其他种种，我如何害怕跟他们提起，如何害怕他们有什么看法。就像理所应当那样，他们说我是个十足的傻瓜。

对了，我们的第一首歌取名叫《小约翰》。

9月伊始的一天下午，马扎里奥家全体去观看乔万尼有份参与的演出。他已经不像在幼儿园时那样害怕公众和舞台了，这次是他与一班残疾生同学共同出演的一场戏剧，那一年演的是《忒修斯和牛头怪》：为了反映错综复杂的社会是如何给特殊人群贴上隔绝的标签的。乔是有台词的。我记得最清楚的是在某个时刻，有个嘴巴白白的家伙问他，去克里特岛（Creta）（注：牛头怪的栖身之处）的路上他都带了什么。乔要回答："薯片和可口可乐。"

台词挺耳熟的吧。

演出之后主办方有个茶话会，在一个小会客厅里，喝喝橙汁，到处都在讨论残疾和非残疾的话题，比如哪些能做，哪些不能做，仿佛来到了神奇宝贝聚会中心。

"你有什么能力？"

"我会翻滚。你呢？"

"我的右手臂像锤子一样。"

"哇！要知道如果有人惹我生气了我会……"

我端着一个装满小香肠的盘子，正在往上面叠酥皮点心，有一个看上去二十来岁的唐氏综合征小伙子来到我旁边，虽然得这种病的人不容易猜出年纪，不过看上去总是早熟一些。

"嗨，我叫大卫。"他嘴里塞满了薯片跟我打招呼。

"你好，我是贾科莫。"我跟他握了握手。

"我是唐氏综合征，你呢？"

"我，呃，不是，我什么都不是……我在这儿……是给我兄弟提些建议的，不过他不要。"

"什么都不是？天哪，不可能吧。这里的人都有病的。你看到花园里那个人没有？汤米。他也是。"他给我指了指另外一个对着草丛说话的唐氏综合征患者。

"是的，我看到了。"

"汤米以前得过唐氏综合征。但是现在已经好了。"

"怎么好的？"

"别人说他有次吃了胡萝卜，第二天就好了。我觉得有可能。"

"……"

"说说你吧。你总有什么不会的吧。"

我想了一下说："我不会用熨斗。"

"啊，这就对了！"他笑了，"熨烫综合征。跟你说，"他压低声音说，"唐氏综合征可比熨烫综合征好。"

"为什么？"

"什么为什么？你有补贴吗？"

"没。"

"我有啊。国家给唐氏综合征患者买单，我什么都不用做。明白不？他们付钱让我活下来。我们这群人多幸运啊。"

"呃，我不觉得……"

"我不用去上班。妈妈还给我洗衣服，因为她觉得我不会。我也不需要驾照，因为有他们带我到处走。我也不用另外找一个家，因为爸爸妈妈永远爱我，至少现在是的。你不觉得很好吗？"

"是不错。"我笑着说。

"不过呢……"

"嗯？"

"不过有段时间很难挨啊。马泰奥。"

"我叫贾科莫。"

"好，贾科莫。贾科莫，有一段时间，在高中的时候，我的桌子啊，椅子啊，书啊总是找不到。他们叫我怪物、白痴、废物、猴子。我很痛苦。可是他们迟早会知道……"

"知道什么？"

"因为他们我才开始喜欢我自己。我感谢上帝没让我变成他们那样，变成那些虐待我的人。他们才是更糟糕的：他们没有同情心。我甚至感谢我自己多了一条染色体。等等，是哪里多了一条来着？"他看了看自己的身体。

"是细胞核里。"

"啊哈，是这儿，我找到了。"他指了指心脏和肝脏中间的位置，"我很高兴我有它呢。"他的手指压在毛衣上。"我喜欢我的样子，我的朋友，我的家人，我的生活。他们是我生命的一部分，"他用手做了一个宽泛的动作，"生命是唯一从无到有的，是创造不同的：不一样的花，不一样的小鹿，不一样的石子……不，石子算了，虽然我会扔它们，石子会移动，还有……总之，小鹿啊，大卫啊，贾科莫啊，菲利普啊，劳拉啊，巴蒂斯蒂的歌啊……"

我对他笑了。

他说："当然我不会成为科学家。但是我做的煎饼世界一级棒。"

"你会做煎饼？"

"嗯哪。"

"苹果的？"

"是的。"

"你带了吗？"

"在那儿呢。"他指着我左边的桌子。

我们走到那边去，我尝了尝，真的是我这辈子吃过的最好的煎饼。我最爱苹果煎饼了。

电话这时响了，是阿里安娜。她应该从普利亚回来了，难道是想在高中开学前见见我吗？我走到神奇宝贝中心的某个角落里，离噪声远点，好听清楚她说的话。我能看见乔和朋友们就在我眼前玩耍，我想要告诉阿里安娜关于我兄弟的事情。

"阿里安娜。"

"杰克，我想告诉你一件事……"

"我也是。"

乔正在玩瞎子捉人的游戏，那一刻他的笑容给了我力量。

阿里安娜说："OK，你先说。"

可是我从她的声音里感受到异样的颤抖，所以我说是她打来的，让她先说。

"我要搬家了，杰克。"她说，"我要走了。"

第八章

啪—哗—嗒

阿里安娜搬去米兰了，很突然的决定，因为她爸爸换了工作。虽然我们在市中心的酒吧喝了一次下午茶，但我记得是我有生以来最伤心的时刻；虽然我们在电话里的沉默时刻充满了无声的表达，却仍然叫人心乱如麻；就算是我们说好了会再见——我可以去米兰找她，她也会回卡斯泰尔弗兰科来的——但那也要再过好几个月。而我又一次没能对她说出口乔的事，因为这事既不适合在电话里讨论，也不适合在乱哄哄的搬家过程中提出来。

接下来就是所有人都会过的狂欢节了。

那天是 2 月 19 日，星期天，一般我会起得比平时晚一些，但是脑袋还是清醒的，我前几天答应了乔万尼要带他去看彩车游行。他兴奋得不得了，天刚亮就跳到我背上叫醒我，因为爸妈是以我能遵守承诺为前提才答应他的，他怎么会让我睡够？

于是吃完早饭后，我们俩跑到储藏室去翻那个被我们家里人叫作"疯盒子"的大箱子，里面丢满了我们各个时期用来化装或者是开玩笑的道具服装之类的东西。我拿了金黄色的假发、女巫帽子、粉红色的贴身裤和小丑鼻子；他是蓝色假发、带龙尾巴的绿裤子、红色斗牛士的衣服和小精灵的耳朵，外面还套了件橘黄色的上衣，其实他不穿也已经够狂欢范的了。

我们十点左右从家出发去卡斯泰尔弗兰科的中心广场，收集用过的彩色纸屑，如果还是完好的就捡起来，没有什么比彩色纸屑用完就被扔在人行道旁，等着被雨水冲刷进下水道更悲伤的事了。你们想想，它们经历了生产、切割，被打包好等待了数月、数年，仅在空中停留了三秒钟，然后就会被清洁工人无情地扫走。我和乔万尼都很反感这一切。所以我们捡了足足有三大包，应该说那三大包是我的，乔更喜欢把它们塞进口袋里，或者耳朵和鼻子里，只要是他身上装得进的地方都行。

反正我们走了一刻钟才来到广场。

卡斯泰尔弗兰科的人都来了，真是人山人海。熟人随处可见，朋友啦、同学啦、家长什么的不停地打招呼。不仅是跟我们打招呼，也是跟我的金色假发、粉色裤子，还有乔万尼打招呼。

我们两在一起。

没有什么不好意思的。

无须解释什么，就是这么做了而已。

我和乔的事情，从营地回来以后、从他来到酒窖和布鲁奈刀疤一起演奏以后、从我几乎要和阿里安娜和盘托出以后、从我撕掉背上写着唐氏综合征的条形码开始，相比我刚知道它并去了解它时——就像很多年前我找到那本蓝色封面的书，爸爸试着给我传达他的想法的那个时候，已经改变了太多太多。就像那天下午，他在卧室里翻来倒去，问我能不能陪他去狂欢节——我和他一起去，一起化装、一起置身于人群之中——我回答说："好的，没问题。"似乎本该如此。

"你看。"乔走在路上，从口袋里掏出了什么东西。

"是什么？"

"门票。"

"哪里的门票？"

他递给我让我自己看，是游乐项目的门票："哇，厉害了！你从哪儿拿的？"

"秘密。"

好吧，秘密。大家都知道游乐项目的门票是在课间休息的时候，通过各种利益互换搞来的。里面还有就算是黄牛那儿也很难拿到的大转盘和碰碰车的票。不过对乔来说，都是一样的。我的意思是，不管是骑旋转木马还是坐快速旋转的飞行船，乔都玩得很开心。

进入狂欢节广场，首先意味着各种噪声。一首超高音量的神童乐队（Prodigy）（注：英国乐团）的歌曲混杂着糖果机器的运转声，和着当地合唱团的歌声，又混入了面具花车的敲打音乐，同时夹杂着就像是在玩雪球那样，被喷出的彩色纸屑击中后背的孩子们的欢笑声。

进入广场前，我们要经过冰激凌店。那儿等于是乔的高速公路收费站，不买冰激凌，就不放行。

等到我们终于进到广场里，加入小妖精、仙女、超级英雄以及男扮女装女扮男装的被改造得面目全非的神奇宝贝和魔法俏佳人（WINX）之中，我才感到真正解放了，就像在营地里被德国人团团围住那样，不过这一次是站在我每日去上学时经过的地面上，在自己生活的地方。我的所作所为和我的所思所想完全融合了。我又是我了。

过了那么多年，我又变成那个和乔一起玩乐的我了。

一开始我在镜子迷宫中迷了路，还是跟着镜子上的冰激凌印才出来的，而乔已经淹没在人群中了。我用手肘顶开人群，从什么丧尸、牛仔和芭蕾舞者中挤出一条道来，想他到底会去哪儿。我真的慌了。爸妈嘱咐过千万不能松开他的手让他跑掉。我抬头看看人群上方闪闪发光的招牌，他会被什么吸引呢？星球大战？不会，太复杂了。那个从胸脯喷出泡沫的巨大裸女？不会，对他而言为时尚早。怪物史莱克旋转木马？对，很有可能去那儿了。我喘着粗气跑到那儿，用眼搜寻他的外套和帽子，恨不得有一个美国间谍卫星帮我扫描。终于看到他时，我才大松了一口气。他正骑在驴子身上，后面还有个看上去很面善的小哥哥扶着他，怕他摔倒。我大声叫他，让他看到我，乔激动起来，很开心地拥抱了那个帮他的小伙子，对方也回了他一个拥抱。

我们到了玩钓鱼游戏的地方，不过不是真鱼，而是钓多少个塑料天鹅获得积分去换大奖。结果乔直接就把奖品——一个毛绒斑马玩具给钓出来了。摊主看上去本来想骂人，后来他想了想，把斑马扔了过来，说他碰上这种事还是头一回。

下一件事是他拉断了拳击机的电源，我不知道他是以行使"破坏艺术"之名呢，还是为了世界的和平。接着他看到了一个穿恐龙服装的小男孩，就埋伏在一旁故意害人家跌倒。后来我们拿了一大桶爆米花去坐摩天轮，结果升到最高处的时候，爆米花从他手里掉了……底下的路人大概也不会因此而觉得开心吧。再后来，我们拿了他手里的赠票去坐碰碰车，玩了一轮又一轮，结果惹得售票员怒气冲冲地跑过来，连连摆手说："不能再坐了。"再再后来，他不知怎么拴住一个穿仙女服的小女孩的纽扣，把人家绊倒了，好让他自己去扶她起来。

在这场自由、解脱的狂欢中，人人都回归了本性。当U2乐队的某首歌奏响的时候，我们也放纵地全情投入地随之跳起舞来。别人会笑话我们？啊哈，就像那个二十来岁的唐氏综合征小伙子——做了世界上最好吃的煎饼的大卫所说的，那些不认同我们的人无足挂齿，反而会让我们更尊重自己，那些人只会把不懂和害怕的事情拿来嘲笑。想想 U2 乐团的波诺，他多么厉害。

乔不理会这些。他朝身边对他笑的人笑，毫不在乎，大不了笑得更大声。

那一天我们也发明了我们独有的打招呼方式。先张开手击掌——"啪！"然后"哗！"——向两旁转动手掌；最后"嗒！"——用大拇指和中指打一个响指。

我们回家的时候已经傍晚了，路上我听见有人从后面叫我。

是阿里安娜。

是她本人，穿着运动外套，喷了香水。

我不敢相信自己的眼睛。她摘下耳朵上戴的耳机。我脱掉女巫的帽子和金黄色的假鬈发，紧身的粉红色裤子就没办法了。

"嘿。"我整个人都惊呆了。

"嘿。"

"你在这儿……"

"是啊。"

"老天……你应该告诉我……"

"我给你发消息了。"

"什么时候？"

"今天早上。"

我从上衣口袋里拿出手机。真的。她给我发了短信。那时我正和乔在游乐场。我都忘了自己带了手机。

"对的，不好意思，那……你还好吗？"

"挺好的，你呢？"

"也不错。"

是她，是阿里安娜，虽然她又打了一个新的眉钉，也许还文了新的文身，不过罩着外套我看不到。但她还是她。我终于恢复知觉，重新感受到自己的脚、手，还有血液的流动。我往前一冲，就好像有人扯着我的上衣拖过去一样，伸手抱住了她。我闭上眼睛，紧紧抱住她，感受到她身上的香气。我等这一刻太久太久了。我很想她，比什么都想。她的香气引发了某种通感——我恰好研究过一点，所以能联想到——意思是通过嗅觉让我产生了其他感觉：这次是触觉。从身体角度来说，我是先感觉到脚好像被人踹了，又延伸到似乎肚子被压了，这种感觉特别沉重，特别实在，就像爆米花爆开之前。阿里安娜让我变得很奇怪，好像她也变得更重了，而且……

我们被什么人分开了。是乔，他想要钻进来。

"噢！你是谁呀？"阿里安娜问。

我叹了一口气，说："他是……我弟弟……"

阿里安娜一脸好笑地看着我，以为我在开玩笑。

"没骗你。"

"等一等……你哪有弟弟？"

"其实有的……"

"……"

"……"

"什么时候有的？"

"一直就有。"

"不是吧，天哪，你跟我开玩笑。"

"不，我没有。"

阿里安娜看了看乔，又看看我，然后看乔，再看我。她半张着嘴，不知道说什么好。

"说来话长。"我说道。

"你叫什么名字？"她问乔。

他说了，不过她听不懂。

"乔万尼。"我说。

"你好，乔万尼。"阿里安娜说。

"你叫什么名字呢？"乔问。

"阿里安娜。"

"我是贾科莫……"乔说完就笑了，握了握她的手，然后马上就跑到后面去看一只爬上树去的猫了。

我和阿里安娜找了一张长凳坐下，聊了好多事情。

当然我说了很久乔的事，以及为什么初中的时候我没能说出口。大概到我们没有什么可聊的时候，就开始聊米兰，谈那里与卡斯泰尔弗兰科有什么不同，聊她的新学校和新同学。我似乎看到我们眼神中流淌着我父母眼中常见的那条彩带河。

乔又回来找我们了，他想到一个新的玩法，然后在看不到尽头的"来抓我，来抓我"挑衅声中，我们俩都累得受不了了，其实是我先扛不住了，第一个败下阵来。这时乔又对花园那一边的什么东西产生了浓厚的兴趣，抓着阿里安娜的手要带她走。阿里安娜跟过去了。我看到他们手牵手走在一起，内心澎湃不已。不是跟人打架、偷汽车、扔手榴弹、抢银行、动刀子那种戏剧性的情景，而是在我那十三厘米心房里的心潮汹涌。当年我用拳头砸门的时候，我只觉得自己是个浑蛋哥哥；以前我听到有人说"唐氏综合征"这个词的时候，肚子气得爆炸但是什么都做不了。现在在他们俩面前，在那个 2 月 19 日，这一切再也不会发生了。无论如何我做到了。

于是我打电话让妈妈接走了乔万尼，这样我还能和阿里安娜多待一会儿，我们一起坐在旋转木马上看太阳下山。

一直到天黑。

她说过的话里，我只记得这么一句："我们以前做过什么不重要，重要的是以后怎么做，以及现在怎么做。"这句全世界都通用的话，在那个时刻，我发誓，再贴切不过了。正该是她所说的话。

看她说话的时候，我就想有生之年不知道什么时候才能再见。我本来可以握紧她的手、抱住她，甚至吻她。但我没那么做。那一天，我们在松树下告别，就连拥抱都有一点点不自然，穿着粉色紧身裤、拿着金色假发的我和打了新眉钉的她，我们都要向前看了。

时至今日，当我闭上眼睛想起那个拥抱，还能感受到它的热度。

就这样，我迎来了全新的高中生活，经历了一大堆新鲜事，我也重新认识了我的兄弟，每天早上起床都有一种微妙的愉悦感，似乎生活又回来了，谁知道怎么回事呢，大概是和我们的"疯盒子"类似的东西吧。

维托选了文科类高中，我是理科的，但是我们的教室很近，因为两个高中用的是同一幢教学楼，所以我们继续一起玩。我也交了新朋友，皮波和波吉是我的同学，我们分享彼此的人生观，总括起来大致如下：

上学穿校服；

坚决不用钱，以物易物；

以身上发臭为荣；

没有挨批风险的一天等于白过；

明天能做的事今天绝不做；

嚼口香糖不出声；

口头禅：能借我支笔吗？

我下午大部分时间花在跟皮波和波吉一起闲逛、打篮球、找维托玩、和布鲁奈刀疤一起玩乐器上，另一半时间则用来考虑我该开始学习了。睡得天昏地暗之后的我做了最糟糕的一个决定：选修所有的课程。我也不知道为什么，因为这些课我都不喜欢，但我摇身一变成了某种先锋人士，一个怪人。我上了流行舞课、Excel 表格课、德语课、英语课、气焊课、公共演讲课、急救课和道路安全课、环境课。我说得最多的话就是："不好意思，我还有课。"简直有病。不过幸运的是仅仅第一年如此，之后我开始尽可能地少选课，也就不会浪费时间了。

与此同时我也发现了很多古怪疯狂的事情：如果考试前一天下午玩

了乐器，那么就能得两分；如果从网上抄拉丁文，改都不改，老师检查的时候不会让你删掉，而是直接叫你出去；如果你没有准备好讨论生物进化，你可以说你不想说因为你是特创论者（注：相信万物皆由上帝一次造成者），要是你表现出你懂什么是特创论，也能得两分；皮波和波吉还教我，去参加聚会但不在Facebook上发照片一样有价值；我发掘了不少咖啡馆；甚至从我同学的书和日记里发现的语句也能给我深深的感触，例如"不比身高，而是比你所站的高度"，还有"坏掉的钟表每天也能显示两次正确时间"。

以及，我去米兰看了红辣椒乐队的演出。

我从汤姆·威兹（Tom Waits）的访谈中学到了所有的人生哲学："我宁可被灌醉也不愿被洗脑。"

我、维托、黑客、萨普，还有几个别的朋友，我们相信我们是超级乐天派，规定每天都要开心。我投篮投得再烂依然很开心，因为那也比摔一跤然后摔断脚踝来得好；我数学得了四分也高兴得很，因为总归比只能得三分要好。

差不多都是诸如此类的事情。

这仅仅是我的世界而已，也许我的十四岁、十五岁、十六岁都没什么区别。而书籍和电影能帮助我更好地认识到，我和乔，生活在完全不同的世界里。

我偶然在不太期待的《绝命毒师》第三季中，看到杰西·平克曼和珍妮的对话，这让我明白了乔万尼的某些怪癖，比如着了魔一般地重复同样的动作：不停地扔毛绒玩具或者是好几天读同一本书——从第一页到最后一页，又开始再读一遍，你可以认为这是有病，或者是功能失调，但实际上隐含的是某种伟大的哲学。在那一集中，杰西和珍妮谈到佐治亚·欧姬芙，那个画了好多一模一样的门的当代艺术家，杰西问做这种事情有什么意义时，他的女朋友珍妮回答说："难道任何事情我们都只能做一次吗？照你这种说法，我是不是应该只抽这一支烟？只做一次爱？只能欣赏一次落日？要么只活一天？因为每天都是不同的，每天都有新的体会。"

"可是……一扇门？"杰西说，"她深受困扰才会画了二十次，直到完美无缺。"

"不，你错了，不是完美。"珍妮答道，"因为她爱她家的门。我认为这就是她画它的原因。"

是这样的。

正如欧姬芙爱门那样，乔爱扔毛绒玩具，爱看同样的恐龙书。他一做再做是为了让这种感觉更持久。就和那段视频里妈妈教我骑自行车时一样。正是如此。

　　乔的生活依然游走在不同的对立面中：兴趣与消退、行动与反思、不可预测的与可预测的、幼稚与天才、秩序与混乱。他扑倒在地上是为了假装摔倒；他做某个行动之前都是有计划的。他会去救要被外婆煮掉的蜗牛。要是你拿一个毛绒狼玩具问他是不是真的，他会说："玩具是真的。"他绊倒小女孩就是为了扶她起来，然后拍拍人家问："你还好吗？"乔的意识里，非洲是斑马、美洲是水牛、印度是大象、欧洲是狐狸、亚洲是熊猫，中国呢，是中国人。要是有中国人经过他身边，他就会看着人家笑。对他来说，最难决断的是霸王龙到底是食肉动物还是食草动物。他说他遇到的所有老奶奶都很温和。乔要是看到写着"禁止践踏草坪"的牌子，就会跑过去踩。要是你派他去楼上帮你拿电话，顺便问爸爸要不要喝汤，他会跑去问爸爸要不要电话。要是你说自己的事自己做，他会把你送走，然后喃喃自语，其实就是自己给自己打气。乔也弄不明白为什么会有影子跟着他，他经常突然往后一跳，就是为了看它还在不在。

　　乔即世界，然而重中之重还是自由。他的自由自在也解放了我。乔又成了我的超级英雄，并且不停地给我惊喜。

　　几年后的一天下午，乔走进厨房给我带了一张画，是他美术课上画的。我没有马上看到他画的是什么，因为他把画转过来，先让我看分数。上面写着："描绘战争，十分。"我们高兴地连做了五次"啪—哗—嗒"

以示庆祝。然后我把画翻过来："乔万尼·马扎里奥，《坐在板凳上独自吃冰激凌的姑娘》，210mm×297mm，材质纸张。肯定是用从朋友手中抢来的纸用彩色蜡笔所画，乔尔乔内中学保管，临时赠予马扎里奥家族基金会。"

我看了半天也没看明白，不是要画战争吗？他却乱画了什么拿着冰激凌的女孩。我一下子无语了，不过乔从房间里出去后我对妈妈说："喏，他们给他送分了。"

"我看也是。"爱丽丝表示赞同。

妈妈问为什么。

"还要问为什么？因为这画得没有意义啊。跟战争扯不上关系也能得十分。"

话题就此打住。

到了晚上，不知道为什么，我突然想写点什么。我拿出日记本，封面上有一行我写的醒目的字："世上最可怕的事是一张白纸，世上最可爱的事也是一张白纸。"从这本日记本里差不多能一窥我的生活。它就是口袋版的维托。我动笔的时候，看到床头摆着乔让我午饭后看的画。我又开始思考，为什么他们会给这样一幅没有什么新意又跑题的画十分呢？我试着从色彩和构图上分析，不过如此啊。肯定还有什么我没有理解到位的。为什么是女人？为什么是冰激凌？为什么她一个人？为什么坐在板凳一侧的她看上去很凄惨？想要诉说的到底是什么？

如果把这件事归纳到他一贯的古怪行为中倒没什么大不了的。也可以简单地认为打分的人不懂。是可以这样。但是我想起来，教他美术的那位年长的女老师也教过我。每个学生的每一幅画她都会在本子上写评语。我去拿了乔的书包，找到了美术课的笔记本。最后一页上果然有评语。我看到了：

要求描绘有关战争的图画，所有学生都画了枪炮、弹药和死亡。大同小异。然而马扎里奥画出了他心中战争的模样：一位参战士兵的未婚妻去买冰激凌的时刻。吃冰激凌对马扎里奥而言是世间最棒的事情。而她得孤零零地一个人去。

战争正是如此：只剩下自己，孤身一人去买冰激凌。

（画的原意来自他本人，我们一起重新做了注释。）

祝贺你，马扎里奥！

第九章

秘书爸爸

世间真的有命运这回事。我在一家电影院的停车场见证了它的存在。是的，有趣的事情总是发生在停车场。

如果你还在上学，夏天不从 6 月 21 日（注：意大利夏季为 6 月 21 日至 9 月 21 日）开始，而是从最后一节课的最后一次下课铃响起的那一瞬间开始。在学校正式放假的头一天晚上，爸爸妈妈、乔娅拉、爱丽丝、乔和我决定去看场电影庆祝专属于我们的夏天拉开帷幕。电影名不记得了，不过那不是重点。重点是我们全家在一起，吃吃爆米花，开开心心就好。

我们把车停在 VIP 区里，说是 VIP，其实就是用黄线圈出来提供给某些特殊人群的位置。我很喜欢那个区域，它代表了社会给予乔这类人的特别尊重。就像是一个为了让他们方便移动而设的装饰框，或者更准确地说，是为了让他们怎样停下来而设的。因为大多数人都想要享受特殊待遇，进入 VIP 区域停车就需要有相应的证件，放在挡风玻璃上可以让车变身成为 VIP，也就不用发疯似的去寻找停车位。没有就不行，因为这待遇不是谁都可以有的。

就是这样。

我们来到电影院，停好车去看电影。要知道，我们马扎里奥家跟普通观众不太一样，我们家的笑声是全世界最不协调的。看喜剧电影的时候——我们经常看喜剧电影，因为这是大家唯一都能接受的类型片，但所有人的笑点完全不在一个层次上。爸爸看什么都好笑，妈妈笑的是家庭冲突，乔娅拉听到搞笑的台词才会笑，爱丽丝不太清楚，有可能是因为看到电影里有个穿紫红色的衣服的女孩让她想起某个蠢朋友才笑的，我自己无所谓，乔呢……谁能知道他笑什么？反正他的笑点无处不在，比我们所有人加起来还要多好几倍。

加上我们总会有人忘记关机、吃起东西来吧唧吧唧响、砰的一声打开饮料罐、包包掉在地上、打嗝放屁、一时兴起就会大喊大叫、大声鼓掌，所以爸爸去卡斯泰尔弗兰科电影院要六张票的时候，熟悉我们的售票员总会想办法劝说我们去干点别的："有个不错的展览你们不去看看？""去广场玩游戏吧？""乔尔乔内球队的比赛呢？""哎呀，你们知不知道新开了一家冰激凌店？"

总之，在我们学生党专属的夏季开启之日，我们去了电影院，而且我说过，并不记得看了什么电影。说真的，我也不记得黑漆漆的影院里发生了什么，反正像往常那样乱七八糟，我脑海里的记忆完全被当天晚上发生在出口的那件事占据了。

记得是我们出了电影院，朝汽车那边走去，空气中弥漫着 6 月的潮湿气息，又混杂着空调散发的清新味道。我们远远地看到两个保安在跟人激烈地争论着什么，那个人的车就停在我们家的车旁边，另一个 VIP 停车位上。

"要是没有证件就应该停在指定的位置。"妈妈小声说道。

"没错。"爸爸说。

"肯定有人不守规矩。"乔娅拉很看不惯。

"太自私了。"我也说了一嘴，或者只是附和他们一下，但是这时我看到一个男孩，大概是正在和保安争论的那对夫妇的孩子，他从车里出来，挡在我面前，下巴好像歪了。我停下脚步，以为自己看错了。再看清楚一点，他跟我一般大，但是穿的是菱格纹的长袖毛衣，灰扑扑的长裤，戴一条难看的头巾。不小心看以为他都三十出头了，或者是从某个时空穿梭门里跑出来的。而且这个家伙还是我久未谋面的人，他在我脑海里（以及其他感官里）一直停留在那段最让我难受的人生阶段中。

是皮索。

"干吗呢？"妈妈转过身来，看见我一动不动。

"老人家们在等我们吃晚饭，快点。"

我们带着沉默且不屑的态度，一个接一个地从皮索一家人身旁走过。皮索爸和皮索妈太专心于跟保安争执，甚至都没有屈尊看我们一眼，皮耶路易吉只不过是在他视线范围内抬眼看了一下，所以就看到了我，并且认出我来了。

他耸了耸肩膀，盯着我、妈妈、爸爸、爱丽丝、乔娅拉，最后是乔，看了一圈。他看完乔以后又看了看我。他的表情还停留在学校庭院里我要他滚远点的那一天。我们之间看似风平浪静，实则暗潮汹涌。仿佛一阵狂风暴雨朝他席卷而来，还裹挟着那些他以为自己很懂，其实却一无所知的事。

我们眼神交会了几秒钟。此时此刻我想的全是：别这样，我不恨你。不是你的错。也许我们只是在错误的时间相遇的两个各怀心思又担惊受怕的小男孩。我钻进我们家的车，摇下车窗，拿出残疾证，悄悄扔进皮索家的车里，精准得如同施展忍术般甩进皮索家的宝马车中，恰好他们的车门是敞开的。

保安没看见，皮耶路易吉的爸妈没看见，只有他看见了。

他过了会儿才反应过来，然后弯腰进了驾驶室，口里喊道："爸爸，找到了！这儿呢……"

皮索爸爸马上明白了，他亮出那张塑料卡片："上帝保佑。"

"谁是残疾人？"保安怀疑地问道。

皮索爸爸含混地说了句什么。

保安正要检查残疾证是不是真的，他的对讲机响起噼噼啪啪的金属声，控制中心呼叫他们去另一个什么地方做什么事，反正是特别紧急的事，他们只好一边跳进自己的车里，一边说："放在能看见的位置。下一次……"然后就开走了。

皮索等他们走远了，才把证件还给我。他的父母已经钻进了宝马车里。

"谢谢，贾科莫。"

"没事。不是我的，你应该谢他才对。"我指了指 VIP 本人。

"谢谢……"皮耶路易吉朝乔万尼伸出手，他们似乎一开始先靠近互相闻了闻对方，然后再握紧手。

两个人都笑了。

那年夏天，乔万尼疯狂喜欢的说唱歌手莫雷诺（Moreno）要来卡斯泰尔弗兰科主广场演出。我、他和青蛙拉娜决定一起去。我为了买到第一排的位置提前六个小时就去了。除了舞台和保全人员，再没有别人。因为没事可做，乔万尼就和他们耍闹起来，不是扯扯这个人的耳机，就是解掉那个人的鞋带，还弄出模仿收音机的声音吵他们之类的事情。

我突然有点明白了，弯腰问他怎么回事。

"乔，你做什么呢？"

"我想进去。"

"去后台？"

"嗯，我要看莫雷诺。"

"所以你才去找保安麻烦？"

"我想进去呀。"

"这就是你的计划？被他们抓进后台去？"

"是呀，是呀……"他耸了耸肩膀，觉得自己简直就是天才。

"不过要是你破坏安全系统，他们是不会让你进去和莫雷诺打照面的，明白不？我们得想别的办法。"

他被我的话吓了一跳，意识到他要对情况做一番考量了。

"不对。"他一边自言自语，挠挠下巴，一边摆出思索的表情，终于，"有了！"他用手指抵着太阳穴说道，于是一个史无前例的绝妙的点子诞生了。

他跑向栅栏，像秘密特工一样蹲伏下身子。正前方两个身材魁梧的警卫挡住了他的视线，除了他们的鞋子什么也看不到。他大概是坚信他们定住了，要么是睡着了，要么是昏过去了，所以乔在某个他认为恰到好处的时刻，抱紧青蛙拉娜，然后滚进栅栏里。滚到半路上的他停在了其中一个安保人员的脚上，人家友善地把他拎起来，笑容满面地交回我手上。

"所以呢，怎么样？"我把他放回地上问道，"搞得定吗？"

"差一点，差一点就成了。杰克，帮帮我。帮我一把。"

我能怎么帮他？我既不能给安保人员下令，更不可能收买他们。乔从口袋里拿出他最喜欢的玩偶，然后把手指抵在太阳穴上，希望这样能管用。我说不行的，这件事没有现成的方案，得想想更有人情味的办法。乔不明白我的意思，他说这可是他最厉害的玩偶——在黑暗中闪闪发光的霸王龙！他花了一年时间才找到的。他的脸上充满着忧虑，或者说混合了忧愁与甜蜜，忽然，我灵机一动——怎么之前我们没想到……这回轮到我开始用手指抵住太阳穴冥思苦想了。

我去问其中一个保安，能不能请他们的头出来一下。他问我是不是需要帮忙，我说没有没有，不是有什么麻烦，而是有一件重要得不得了的私人问题需要和他探讨一下。那个人虽然看上去满腹怀疑，但还是答应去叫他。所以过了一会儿后，出来一个像布德·斯潘塞（Bud Spencer）（注：意大利著名动作喜剧演员）那般身材的人，而且比他还高还壮。他特别和颜悦色地问我能帮我什么。我说不是我需要帮忙，而是另一个人——我把乔抱在怀里让他看。乔的面容依然喜忧交织，如此甜蜜又如此忧伤的表情，甚至连冰雪女王的心都能融化。

"是他需要。"我说，"他好想跟莫雷诺打个招呼。他最喜欢莫雷诺的歌了，喜欢得不行不行的。可怜的孩子经历了多艰难的人生啊，您知道，在黑暗的日子里，莫雷诺的歌声简直是一束亮光……"我都能感觉到自己浑身热血高涨，"为了我们，更是为了他，如果可以和莫雷诺打个招呼的话，一定永生难忘。"

我说到此处时，那个像布德·斯潘塞的壮汉竟然开始抹起了眼泪。

于是，后台的大门仿佛念了阿拉霍洞开（Alohomora）（注：《哈利·波特》中一个用于开锁的咒语）咒语一般向我们敞开。

五分钟后，我们和莫雷诺在后台见面了，他人真的很好。他还和乔万尼互换了签名——因为我的兄弟觉得交换才算是相互尊重。莫雷诺建议我们拍张照，我说我的手机不带摄像头，还好有一个姑娘，也是工作人员，帮我们拍了一些。

"要是不拍张照片，这事等于没发生。"她算是担忧吧。

"真的吗？"

"当然啦。"她点点头。

乔非要给莫雷诺看我们那一套打招呼的方法，让他留下很深刻的印象，他笑着说从来没见过这么怪的手势。

我承认。

那天夜里简直无与伦比。

整场演唱会我简直乐疯了。对，是我。是除了看暴力反抗机器最后一场演唱会之外最激动的一次。乔万尼则被全场炫目的光影迷醉了。我让他骑在我的肩上。有人抱怨看不到，但我们不管了。乔万尼中途还把青蛙拉娜扔到了舞台上，莫雷诺认出来它后，不但当着所有观众的面向乔表示谢意，在人群中寻到他后，还特意把他指出来，引得全场气氛都燃爆了。

就像我和我的死党一起去看演唱会，这次换作了乔万尼，我多了一条染色体的弟弟。

演唱会后的一天晚上，我躺在床上看波吉寄给我的一些无聊的教程，类似打火机怎么用、鼻子怎么抠、如何乔装成一条鳄鱼什么的。我灵机一动决定自己也写得了，比如如何为一张雪白的纸着色，一个人怎么玩羽毛球，如何把魔方拆掉。然后我的目光转到乔画的那张关于战争的画上——独自吃冰激凌的女孩。它挂在我们卧室的墙上，是我每天入睡前都要扫上一眼的。

我忽然想到，如果唐氏综合征患者被冒犯了该怎么办？

这样的教程恐怕是有些用的。

我起来拍拍枕头，然后躺下来，手叠放在脑后，看着天花板上的扎克·德·拉·罗查。我先想我自己是怎么做的。一般会有三种反应：第一种是会比较客气的：嘿，不好意思啊……你刚刚那样说唐氏综合征的人不太合适，别再这样了，好吧？谢谢，再见。第二种是对方有点过分了，我会说：对不起等一下……你刚刚对唐氏综合征的人说的是什么鬼话，别再喷你自己都搞不懂的脏话好吗？第三种反应就有点神经质了：说什么呢，你个白痴别惹我。我会像超级赛亚人那样，气得变身，跟人顶着干，让他滚。总之这些年我的经验基本就是这些。我以前总觉得进攻就是最好的防御。怎么看都像张牙舞爪的凶狗。但有什么用呢？起到效果了吗？骂人解决不了问题，他们不会发自内心地改变，就像乔打动我的是他本人，是他热切而持之以恒的存在感，他对世界天真无邪的好奇心和他无与伦比的清澈眼神。

所以，关键点在于爱和奇迹，而绝不是也不应该是"说什么呢？你个白痴"。

我得想别的办法。还得感谢来自我爸身边的一件事。

有一天，我偶然旁听了一次对话。那天我和他在超市里，还有某个打扮得人模人样的家伙，衬衫合身，领带得体，从腰带到鞋子都无懈可击。他突然走到我们面前，对着我爸爸一阵亲热，原来是爸爸二十多年未见的中学老同学。

"大卫，你怎么样？"

"挺好的，你呢？"

"不赖，你做什么工作呢？"

我心想，搞什么，二十多年没见面，第一个问题就问对方干什么的？其实我也经常面对这个问题，当然不是问我，而是问我爸。对我而言，"你爸是干吗的"相当于问了个上次选举投票投了谁那样有深度的问题。

总之，我爸爸是个秘书，并且是幼儿园的秘书。但直至那一时刻，我大多时候会回答：他在公司当会计。人们的反应是，哇哦。仿佛很厉害的感觉。但如果有时候我脱口而出"秘书"的时候，人们就会拍拍我的肩膀，意思就是，哎呀我懂，太不容易了。语调跟我提到自己有个得唐氏综合征的弟弟时一样，最近一次甚至有人给了我几个拥抱，那些面带微笑的热心女售货员不仅给我打了折，还说："有什么需要的尽管说。"还有的时候有人对我露出悲痛万分的表情。

但在超市的那天早上，面对西装革履的那位，爸爸的回答是："我的主要工作嘛，是当爸爸。不忙的时候我就管管邮票生意喽，钻研下收支平衡，平复下老师们的心情。顺便当当娱乐性专业足球运动员。以写作为生……"

"写什么类型的？"

"公司的问题。你知道会议纪要吗？"

"得了！你说的都是啥？你不是失业了吧？"

爸爸笑容满脸地说道："错。我说的是幼儿园的秘书要做的事。"

"开什么玩笑……"对方勉强笑着说。

"千真万确。"

听到的人还是露出了不敢相信的表情:"你怎么落到了这一步?"

"唉,我承认很难。不瞒你说,做这事之前我也干了好多别的工作。去过福利、待遇都好的大公司,但是我还是出来了。"

老同学更加难以置信。

"当秘书是我多年的梦想。"爸爸用手画出一个弧度,仿佛推开了一扇贴有名牌的办公室的门,然后开始历数,"有终身合同。免费食堂。小朋友们的玩笑话。再说还有妈妈们,"他眨了眨眼睛,"每天都有年轻的妈妈们跟你打招呼,找你说话,给她们的孩子办入园登记、复印东西呀。"他仿佛心里只有此情此景,"复印两分钱一张。打电话不要钱。还总是赢,我说的是踢足球的时候。电脑慢得简直够干一万件别的事。专属停车位。没用的玩具全都可以带回家。被人遗忘的自行车慢慢地就成了公用自行车。哎,怎么说呢,干其他工作的怎么可能得到这些呢?"

"……"

"话说你现在在干什么呢?托马斯。"

"我是卢卡。"

"噢,对对,卢卡。卢卡,你做什么工作?"

"律师。"

"哇！"爸爸用一种撼天动地的语气感叹道，"不好意思，那你时间还有富余吗？"

大概就是这样。当然不是说律师这种职业有什么不好。反正这次经历太让人印象深刻，简直醍醐灌顶，我也学到了一招：讽刺。我决定了，要是我出教程的话也要充分使用这招。用情感攻势来化解冒犯，让别人明白人总在某些方面是不一样的。就像我会做煎饼的朋友大卫说的，我们都是某种病患者。我开始考虑能不能拍一段视频，把我兄弟所经历的艰难困境、神奇不凡都展现出来。

此时我也意识到，我应该像其他人那样，保持轻松愉快的心态，没有必要遮遮掩掩的，而是应像其他人那样说："真是的，你知道我弟弟对我有多过分吗？"

要是我说给维托听，他会笑死。不过别人一定会一脸震惊：什么？你怎么能这样说？你兄弟可是残疾人，是你太过分了吧？

没错啊，我的兄弟把我的手机扔进泳池里，够混账了吧。我兄弟偷拿了我钱包里的钱，真不是东西。我兄弟跟他朋友说我篮球打得很烂，简直胡说八道。真的，我兄弟又浑蛋又白痴又狡猾，缺一不可。打是亲骂是爱，当你能对别人说你兄弟是个浑蛋时，那你就是真的自由了。

一天晚上，吃晚饭之前，当乔在起居室里玩的时候，爸爸妈妈、乔娅拉、爱丽丝和我在厨房里发生了一件事。我看了看四周，仿佛回到了十年前，我刚发现那本在封面上提到唐氏综合征的书的那个下午。爸爸照样在吃杏仁，妈妈没在切辣椒，而是在切西葫芦。爱丽丝在煲电话粥，乔娅拉正喝着东西。正是2月末的冬天。从窗外隐约透进微弱的路灯灯光，是一个需要点上壁炉，烤热栗子，裹好毛毯的季节。

"今天我看到了一件超级棒的事。"妈妈突然说。

爸爸从食物中抬起头，似乎现在才发现厨房里有其他人。爱丽丝还黏着电话，乔娅拉转头腾出一只耳朵来听。

"什么事？"

"我看到乔……"

"你每天都看到他好吧。"

"不是，我的意思是……我看到放学后他是怎么和同学们打招呼的。你们有没有注意到，不管是学校里的小混混还是刚入学的新生，都有自己的打招呼方式？"

"确实。"我说道，"我就更喜欢跟混混们打招呼。"

"真的吓到我了。"妈妈压根没听我说什么，"所有人都对他笑嘻嘻的。"

"因为他就是个笑柄呗。"

"就像那次我们和费德丽卡姨妈去养老院。"爱丽丝说，"他一看到愁眉苦脸的老人家们，就拿了个篮子顶在头上，在大厅里跑来跑去逗人开心。"

"反正嘛，"乔娅拉总结道，"要么欺负别人，要么被人欺负。他在学校里最喜欢朱莉娅，还跟我说过想要跟别人结婚呢。"

爱丽丝耸了耸肩膀："他要是发现自己结不了婚该多惨。"

"为什么不行？"爸爸继续一边从碗里抓杏仁一边说。

"什么为什么不行？"

"你们想吧，结婚对他来说意味着什么？不过是穿上优雅的礼服，举办一场盛大的庆典。我们也可以同样装扮一番，开始庆祝……"

"那他想要一个孩子怎么办？送他一个玩具娃娃？"爱丽丝不依不饶。

"行啊，那我们就跟他说他不能结婚。就像贾科莫知道他永远当不了职业篮球手，就算是他梦寐以求的也没戏。"

"帮他找份工作就够难的了。"我说。

"可以让他来我的药房帮忙。"乔娅拉答道。

"我觉得，"妈妈说，"我们应该重新调整我们的期望值，才能用全新的眼光关注他的生活，这都是怎么看的问题。"

"没错。"

"就是。"

"同意。"

咔嚓，爸爸啃着杏仁点点头。

我心想，看吧。我站起来，悄悄去看乔在起居室做什么。他正在和恐龙们玩耍。我在半开的门旁边站住，我还从来没有停下来仔细观察过他是怎么和恐龙玩的。他从左边一堆恐龙里面拿出一个，眼睛凑到爪子上看了看，然后让它跑，翻滚，起跳，最后丢进一个渐渐成形的史前动物墓穴的角落。接着又拿起别的恐龙。它们的体形大小、叫什么名字、吃什么，每一个他都了如指掌。毫无疑问，他是恐龙之王。他为什么痴迷到这种地步？我闭上眼，试着从他的眼中去看，然后到了某一刻，出现了：是中生代，电视机旁是湖泊，书籍中丛生出郁郁葱葱的树林，地毯不再是地毯，而是草原。梁龙正在大啃妈妈摆在窗台上的花，翼龙在我们头顶盘旋飞翔，沙发后面还躲着一条剑龙。乔万尼呢，完全沉浸在他的魔法世界中。我觉得其实他在中生代过得才叫自由自在。我不知道站了多久，时间对我来说已然不存在了，度过二十分钟还是三天并没有什么区别。我花了十余年时间才看到我兄弟眼中的世界，我敢对你们发誓，那个世界当真不错。

第二天，我去了墓地（现实中的，不是恐龙那个）。往右、往左，再往右，第十二排第七个，是我的外公，阿尔弗雷多·科莱拉（Alfredo

Colella）。很遗憾他不能看见乔万尼长大成人，与我们的生活融为一体，甚至完全颠覆我们的行事方式。所以我时不时会给他写封信，把我们新发生的一些最重要的事情写进去，压在一块石头下面。在信里，我经常把不能对别人说的话都写进去，只有对外公，我才能真正毫无顾虑地表达出内心的所思所想。

亲爱的阿尔弗雷多外公，你还好吗？你不知道你在下面都错过了什么。你也想象不到乔万尼变成什么样了吧。乔万尼还总是活蹦乱跳、生龙活虎的，但是外公你知道吗？我偶尔会想到他的死亡。超级英雄也会有终结的一天，对吧？你身边有超级英雄存在吗？他还小，才十一岁。"死亡"这个字眼，搁在他身上，就像往宽面条里搁果酱一样不合适。可是外公，你要知道，或许你已经知道了，乔可能会比我先离开这个世界。是不一定，但有这种可能性：我可能会看到他的葬礼，好比那个星期五，我看到你的下葬一样。

你害怕过死亡吗？不，我不是说你，我知道你一无所惧。我记得很清楚，你有一次对我说过：我什么也不怕！但是其他人呢？布鲁娜外婆呢？你不害怕留下她一个人吗？

万一乔走了，万一，外公，我依然会感到幸福的。每一滴泪水都会化作美好的回忆。我会回忆起每一次欢笑。是啊，怎么能不和他一起开怀大笑呢？外公，要是会哭，那也是因为不能总是笑才哭的。关键在于他不能消失。这才是重点。我什么都做不了。乔已经溶于空气、水、大地和火之中，他已经与我们合为一体，与我们同在。

他走过的每一步都是不可逆转的。

要是他不在这个世界上了，我唯一遗憾的只有：不是全天下的人都认识他。要是他不在了，我会在栗木大街搜寻他的踪影，做他做过的事。要是他不在了，我会在脑海里复习他所有书的书名。要是他不在了，我会像他一样拥抱每一个人。要是他不在了，我会和他的恐龙们一起跳舞。而他，会在中生代里，在梁龙和霸王龙中间等我，一直等我来。

我兄弟，追恐龙的兄弟。

你的，

杰克

第十章

6 等于 6

生活仍在继续，我和他要一起面对很多事。重要的是在一起。我最喜欢和乔万尼到处闲逛，行进中就像有灿烂的阳光萦绕在身旁。我不再害怕别人的眼光，也学着不要太着急下结论。

我开始忽略画的标签，只专注于欣赏油画本身。我发现不是所有的女孩都听蕾哈娜，也并非全都吃素，她们也挺和气的，和其他人没有什么两样，差不了多少。

我的兄弟到了特别喜欢视频的阶段。他每天都问我要不要采访他，不知道为什么，也许是自恋，要么就是喜欢被采访而已。

渐渐地，采访越来越往超现实方向发展了：我发现他抢劫过政治家的车；当过英女皇的间谍；从十年前开始，他就只吃带意面的帕尼尼面包（注：意大利的帕尼尼面包里不会放意大利面条）。他倒觉得挺有噱头的，笑得在地上打滚。只是他的笑太具有感染力了，害得我也把持不住了，结果笑得比他还大声，iPad 里的存储空间也迅速被占据了。直到有一天，我们正准备拍一段新的视频，他头发都喷好了发胶，最喜欢的粉红色 T 恤也穿好了，各种精彩绝伦的故事正准备脱口而出时，不幸的事情降临了：我们发现 iPad 已经没有更多的存储空间了。

"我们要删掉一点东西。"我说。

"什么？"

"录好的东西。我们要……"

"不行。"他说，"都不能删。"

"那没办法了。"

"有的。"他点了点头。

"比如？"

他用手抵住下巴，抬头看着天花板苦苦思索。

"爱丽丝。"

"爱丽丝？"

"相机。"

"我们不能动爱丽丝的相机，你知道她多宝贝它，谁都不让碰。我们可以用手机，手机也能拍小视频……"是的，在遇到莫雷诺之后，你们应该还记得那次毫无准备的邂逅吧，我买了一部有拍照功能的手机，可惜我没买太好的，所以像素差。总之，就像电影资料馆（Istituto Luce）里放出来的老片子的效果，你们了解吧？

"讨厌。"乔万尼气鼓鼓地说道。

"然后呢？"

"我们去偷爱丽丝的相机。"他像个忍者一样蜷缩在地上说。

"偷？太……"

我话还没说完，他就已经蹿上楼梯。我跟在他后面跑过去，看见他在走廊里双膝跪地，偷偷往姐姐的房间里看，我也凑过去，看见爱丽丝正在写字桌上学习。好吧，我想，为什么不行呢？

"我们这样来，"我对乔说，"我进去分散她的注意力，你慢慢爬到我身后，然后拿走相机，OK？在那后面，看见了吗？"我给他指出来。

"那几个盒子中间。"

"盗贼。"乔欢欣鼓舞地说。

"就像邦妮（Bonnie）和克莱德（Clyde）（注：20世纪初横行美国的雌雄大盗），还有弗兰克·詹姆斯和杰西·詹姆斯（注：美国著名的绿林大盗）。"

乔激动地点点头，但其实他根本听不懂我在说什么。

"明白？"

他又点了点头。

"我去了。"

"盗贼我喜欢。"他笑嘻嘻地说。

爱丽丝的门上写着："别人笑我们与众不同，我们笑他们千篇一律。"墙上贴的是美国国家地理摄影师史蒂文·麦柯里（Steve McCurry）那张绿眼睛的阿富汗小女孩的照片。

我走进去说了声："嘿！"

爱丽丝回了一句："嘿！"沉浸在学习海洋中的她，动也没动一下。

我选了一个能挡住乔从我后面过来而不被她看见的位置。

"怎么了？"她说。

是啊，我要说什么来着？

"你有石蜡吗？"

爱丽丝以几乎不可察觉的角度扭过脖子，转了转眼珠，眼角大概刚好能看到我进来的地方："什么？"

"石蜡，用来糊纸船不会沉。"

"贾科莫，我都不知道石蜡是个什么玩意。为什么我会有？"

我用眼角瞟了一眼想知道乔万尼进来没有，但是却什么也看不到。

"是啊。"我对爱丽丝说，"我真傻。你怎么会有石蜡？那个……你看到我的篮球了吗？我的绿袜子？你觉得爸爸的命名日送什么东西比较好？"

爱丽丝转了转椅子，好再多看到我一点："你在说什么胡话？"

我一下厌了，转过去喊道："乔万尼，你哪儿去了……"

乔万尼正躺在走廊地板上笑呢。

"你们在干什么？"爱丽丝问。

乔万尼跳起来，走进房间说："你好，爱丽丝，对不起。我和杰克当盗贼。我们要拿相机拍视频。你转过去嘛，转过去就看不到了。然后悄悄的，什么事都没有发生。看那里吧。谢谢。再见。"

"呃……"

他穿过房间，抓起了相机。

"嘿！"爱丽丝喊道，然后看着我，"然后呢？"

"没……没了……就这样。"我结结巴巴地说道，"我的 iPad 没空间了，乔万尼不想把旧的删掉，我们又要拍新的……"

"新的？"

"对。"

"什么样的？"

"工作面试吧。"

爱丽丝像看疯子一样看着我。

"乔万尼没问题的，采访时他配合得很好，我答应他要拍一次假装的工作面试。但是我会做得很专业。"

"所以呢？"

"会有办公室、秘书、等候处什么的。"

"去哪儿弄这些东西？"

"阿尔伯特的爸爸那儿。"

"公证人？"

"没错。"

乔万尼悄没声地又拿了三脚架，还有化装用的……

"那么，"我说，"如果可以的话，你是否乐意借给我们……"

"……相机、三脚架和化妆盒？"

我微笑着说："对，就是这些。"

爱丽丝看了看我和乔万尼，然后又看看我，再看了看乔万尼。她的眼神中充满了犹豫。

"好吧，"她终于说道，"但是，你们千万要注意。"从她嘴里吐出的这些词就像是往外冒出的一个个彩色气球。

"千万要注意的意思是——同意？"

爱丽丝又埋首到书本中去了："你们能做到的话，我就答应你们。"

"保证比注意还要注意。"我说。

爱丽丝看都没看我一眼："要是出事，你的电脑就不保了的那种注意。能做到那种程度？"

"全身长满脓包。" 我用食指在嘴上做了一个发誓的手势。

"你们走吧。"

"还不快谢谢爱丽丝？"我对乔万尼说。

"谢谢爱丽丝。"

我们后退着走出房间，差不多都要鞠躬到地上了。然后回到了我们的卧室。

"盗贼万岁！"乔万尼喊道。

"可不是吗？"我应道。

乔万尼把战利品扔在床上，然后全神贯注地凝望着衣柜。他用手指抵住太阳穴，意味着要出大招了。乔万尼的普通点子一般来自用食指抵住下巴（比如：回答是或不是；去酒窖玩还是去起居室；先吃鸡肉还是土豆泥），另一些更惊人的想法则来自用食指抵住太阳穴的时候。如果哪天有不止一个惊天动地的想法，就意味着那是惊天动地的一天。那天早上他已经想好了，他把手、嘴巴、脸颊和其他看不出来身体什么部位的部分在打印机上给打印出来了。

现在轮到第二个伟大的点子诞生了：穿外套。

"外套！"他喊完以后就扑进衣柜里去翻找，把东西都丢出来，他已经懂得面试需要打扮得体了。

"外套要配白衬衫。"我说。

"还有蝶蝶结。"他补充道。

"是蝴蝶结……当然。"

虽然我们还没有想好具体怎么做，但是对我来说，和乔万尼在一起度过的拍视频的时光就是非常宝贵的回忆。

我和他一起创作故事。

我和他也身在其中。

在画面中同框的我们成了永恒，无论何时何地都一起存在。

拍摄场景的顺序是从哪儿开始的呢？先拍消防员，还是先拍阿尔伯特爸爸的办公室和回家休息的镜头？我也说不太清楚。只知道我们拍了整整三天，而且因为没花时间在学习上，所以后面的数学考试考得很糟糕。不管怎么样，没有什么是按计划来的。这样才更好玩，我们有点像是把自己塞进一个巨大的轮胎，然后任由其滚下山坡。其实不是轮胎，更多时候是坐在布鲁娜外婆的老福特嘉年华上，由它载着我们跑遍卡斯泰尔弗兰科全城。这可不是件美事，你们想象一下光绕足球场就转了五六圈是什么滋味？作为一名刚拿到驾照的新手，我开车时，他戴着自行车头盔（对，在汽车里也戴）坐在副驾驶上。后排座椅上是我们的摄制组：青蛙拉娜、恐龙百科全书、三脚架、更换的衣服、可口可乐、一袋薯片和装满毛绒玩具的包。

乔万尼就当是在旅行，不管旅程是不是短得很，他总是热情饱满地上路，高兴得就像迸发的间歇泉一样。他把头伸出车窗，甩出舌头，仿佛要吞掉地球上的每一个氧分子；他还像坐疯狂过山车那样张开双臂，其实我们开车根本没超过三十迈。我们还一边开车一起撕心裂肺地吼卡帕雷查的歌《并不凡·高》，感觉都要飞起来了。

消防员们让他坐在消防车司机的位置上，他戴好头盔，穿上制服，假装紧急赶赴火灾现场。在购物中心我们还比赛了好几次，看是他坐电梯快，还是我爬楼梯快。

在阿尔伯特的爸爸那儿，他钻到别人正在开会和签合同的屋子里，把包里所有的玩具娃娃都拿出来显摆了一番。

别人给了我们一间搞不了太多破坏的房间，我们在那儿待了……超过二十分钟。我问了他各种奇奇怪怪的问题，一方面是因为我有备而来，有些确实是我一直以来想要问的，但也有一些是突然冒出来的想法。他给的回答也同样搞怪，有些是被我逼的（用薯片诱惑），有的是他故意不配合，还有的是他不懂乱答。不过，在我卡住的时候，他反而能出其不意；他卡住的时候，我又有了对策。我们之间仿佛心有灵犀，就像两只同步狩猎的猎豹一样。

我们比画完"啪—哗—嗒"的手势，然后再出发，把福特嘉年华的音响开到最大声。

我们去找乔的朋友安东尼奥一起玩篮球，大概等了很久才拍到他投篮的镜头。

我让他走在路上，然后拿数码相机拍他，试着捕捉他行进中诗一般的韵律感。他以去上班的姿态迈开步伐，一边走一边欣赏橱窗里的海报，顺便踢踢垃圾桶，要不就跑去按别人家的门铃。到了退休之家，他把糖果抛撒给老人们，还用力地把轮椅推来推去。好多次我都不得不追着他跑，可能是因为我说了跑，但又没规定终点在哪儿，所以他就跑个不停了。

我陪他去学校，让老师同意我在课堂上拍。我知道他多受同学欢迎，想要把一切美好的都拍进去。我要乔在黑板上写点什么，让场景看起来更真实。于是他写了："6=6。"全班哄堂大笑，老师和我也笑得乐不可支。他觉得可能算错了，得改动一下，于是加上了"-100"。6=6-100。就是，他写得没错，错的是正在大笑的我们。

回到家里，我依然对他穷追不舍，一些小动作、小爱好，还有对我们每个人的关注点，我想要揭密他的一举一动。他所做的一切好比施了魔法，我就算花一辈子也要拼尽全力捉住它。

到最后我都不知道拍了多久。只知道很多很多。

2015年3月20日，是"世界唐氏综合征日"的前一天。晚上九点，我正对着我那台破电脑剪辑视频。

高中一年级上过的课里有一门电影课，讲了什么我差不多忘光了，只有一句话让我记忆犹新，一个扎着脏辫的瘦高个男生说过：往往是犯错和偶然性造就了电影的特色。好吧，我和乔一起拍的视频大致就是如此。比起我们在桌上设想和计划好的，更多的是乔的自由发挥，他演不出来，也不能假装成别人，因此才拍出了精彩的片段。

然后我又犯了一系列荒唐的错误，比如在镜子里拍到我自己；颜色和白平衡不对；镜头乱晃；前景根本看不清之类的。我也没想过重拍，错误也是我们生活的一部分，就像那个扎着脏辫的人说的。比如乔在荒凉的广场落日中逃离的场景等，都不是我预先会想到的。但乔的逃跑之举，暴露了我所有的希望和每一丝一毫的恐惧，一切尽在其中。

家里其他人都睡了。

妈妈、爸爸和爱丽丝、乔娅拉。乔也在我旁边的床上沉沉入睡了。我戴上耳机免得打扰到他。

我们房间里闪烁着的唯有显示屏的荧荧蓝光。

我打算去厨房喝杯橙汁。来到走廊上，家中一片漆黑寂静。楼梯上突然出现了一个五岁小男孩的形象，他胳膊下夹着一只猎豹毛绒玩具，歪歪扭扭地走上台阶，我看得清清楚楚。他走过我身边，看了我一眼，冲我笑了笑，然后走进我的房间。我假装什么都没发生，踮着脚走了下去。

我在厨房门口站了一会儿。回想起乔差点被法兰克福香肠噎死的那次，仿佛犹在眼前。我打开冰箱拿橙汁，耳边传来哈哈大笑声，我们家里永远不缺吃的喝的。坐在椅子上打打闹闹的小孩子们，在起居室里互相交谈的长辈们，从酒窖里传上来的《小约翰》的旋律，曾经害怕被布鲁奈和刀疤发现乔万尼的我，他们相遇后大松一口气的我，还有阿里安娜给我打电话的场景，都历历在目，如今的我，仍然能在空气中感知到她的香气，虽然胸口感到隐隐作痛，内心却是幸福的。

我回到卧室继续剪辑片子，加好了音轨。标题也定了：《简单的面试》。

我看表的时候已经凌晨四点了，但我一点也不困，身心兴奋的战栗感让我很是清醒。

视频完成了，虽然可以做得更好，但是我真的已经尽力了，要是重来说不定会更糟。只要点击一下就能分享到 YouTube 上。

耳边传来乔的声音，我转过身，他正睡得香呢。

"贾科莫……贾科莫……"是他的声音，"是你吗？"

"当然是我。"

就像小时候，他还在婴儿车上的那次，我听到了同样的喃喃的声音："我知道你们在说什么。你们老是讨论我，别说啦。"

"怎么了？"

"别担心。"

"我知道。"

"当你需要支持的时候，我会来到你身旁，你知道的，对吗？为了我和你，我会为此献出所有力量。"

"嗯，我知道的。"

……"乔万尼……"

"嗯？"

"谢谢。"

没有回答。

他的腿在被单下抖动，在梦里笑着咧开了嘴。

我看了看我们的房间，最近改变很大：乐队的海报和他的恐龙们不再各占一边。我的衣柜里有恐龙，而安东尼·凯迪斯在他的床头。我们的书也混在一起。他送给我图画书，我送给他贴纸。CD 里面好多都是有声故事。

我的目光落在一张刚挂好的老照片上，是爸爸妈妈、爱丽丝、乔娅拉和我的全家福。在我旁边是一个圆脸蛋，笑起来嘴巴咧到耳朵根的小人，他肩上披着一件超级英雄的披风。从我画他起已经过了十二年了。

我从写字桌的笔筒里拿出马克笔，在我、我的姐姐、我的妹妹、我的爸妈，我们每个人脸上画了同样的笑容。

现在我可以上传视频了。

短短几天后，万万没想到的是《简单的面试》火了，看的人真的太多了，甚至传到了意大利国外。乔万尼的脸还登上了报纸的头版。这我倒不觉得意外，因为超级英雄总会有这种待遇。

感谢

首先发自内心地、彻头彻尾地感谢法比奥·杰达（Fabio Geda），他作为我的引路人，用苏格拉底式的问答法，耐心地陪着我一步步探索出讲述这个故事的方法，以及选用什么体裁，如何打磨语句。

没有他的帮助，就像一幅好画缺少了对色彩、色调和光影效果的精心把控。特别要感谢他让我想起了那个几乎被遗忘的字眼——"年月"，这对于我理解世界和人们的日常生活至关重要。

如今法比奥最重要的身份就是我的朋友。

还要感谢我的编辑弗朗西斯科·科伦坡（Francesco Colombo），他教会我每个人内心都有一处不可思议的世界。我的一生可以说平淡无奇，尽管我从来没干过打家劫舍（高中的时候偷拿了几件别人落下的衣服不算）和杀人越货的事，但我也有与众不同的地方。这一年弗朗西斯科在电话里总是跟我提到学校，聊到卡斯泰尔弗兰科的天气，或者正说着别的事情，比较放松的时候突然来一句："你怎么不把这个写进书里？"写或不写真的让我有些为难。不过这也不能阻止我经常拿出"可信的"拖延借口——这对大部分高中生来说简直是拿手好戏。弗朗西斯科现在当然也成了我的好朋友。

特别要感谢我的父母，是他们创造了这本书的真正主角：乔。他们保证说就算书卖不到百万册级别，也不用他付这前十三年抚育他的经济损失。无所谓的，他们会继续同样深沉地爱着他。要是我写了感谢所有给予我帮助的人而不写我的兄弟，那么这本书你们应该就只看得到前言了。

我必须强调朋友们在我和我兄弟的生命中占有极重要的位置，原谅我在此不能一一列举。如果没有大家的支持和喜欢，我绝对没有足够的力量把自己推出去，不仅拍视频，还出书。我这么粗心的人也没办法提到所有人，漏了谁都不好。不管怎样，所有读到这些文字的人，如果有什么触动了你，让你感到左肺上方那一小块地方有些轻微的压力感，也可以拿起笔，把你的名字加到本页末尾。我也会铭记所有曾经、现在、将来出现在乔身边的人：他的老师、同学和所有被他的热情所感染的人，以及会在冰冷的雨中温暖他的人。

乔呢，就不用言谢了，我已经在书里提到太多次了。我开始思考更多其他的事，比如女朋友，比如选什么大学，听什么演唱会，去哪个嘉年华甚至考虑未来工作的事，因为我不能像我兄弟那样永远活在薯片和可乐里。不过他想要在书后面放一张恐龙画——准确来说是一只霸王龙（为了有一天能让他好好来读这本书）。乔跟我说，这是一只非常非常罕见（恐怕是唯一的）的食草类霸王龙标本。我说一般人可看不出来。

再次感谢各位。

最后，一本说恐龙的书里不能不带有恐龙［插画作者为：元素先生（Mister Elements），由 Shutterstock 授权。］的画。

图书在版编目（CIP）数据

追恐龙的男孩 /（意）贾科莫·马扎里奥
（Giacomo Mazzariol）著；何演译 . — 长沙：湖南文
艺出版社，2018.12
书名原文：Mio fratello rincorre i dinosauri
ISBN 978-7-5404-8813-0

Ⅰ.①追…　Ⅱ.①贾…②何…　Ⅲ.①长篇小说—意
大利—现代　Ⅳ.①I546.45

中国版本图书馆 CIP 数据核字（2018）第 170437 号

著作权合同登记号：图字 18-2018-166

Mio fratello rincorre i dinosauri. Storia mia e di Giovanni che ha un cromosoma in più by Giacomo Mazzariol
Mio fratello rincorre i dinosauri. Storia mia e di Giovanni che ha un cromosoma in più ©2016 Giulio Einaudi editore s.p.a.，Torino
The simplified Chinese edition is published in arrangement through Niu Niu Culture Limited.

上架建议：畅销·外国文学

ZHUI KONGLONG DE NANHAI
追恐龙的男孩

著　　者：［意］贾科莫·马扎里奥
译　　者：何　演
出 版 人：曾赛丰
责任编辑：薛　健　刘诗哲
监　　制：蔡明菲　邢越超
策划编辑：刘宁远　张思北
特约编辑：李乐娟
版权支持：辛　艳
营销支持：傅婷婷　张锦涵　文刀刀
版式设计：利　锐
封面设计：周伟伟
内文插图：MisterElements，由 Shutterstock 授权
出版发行：湖南文艺出版社
　　　　　（长沙市雨花区东二环一段 508 号　邮编：410014）
网　　址：www.hnwy.net
印　　刷：河北鹏润印刷有限公司
经　　销：新华书店
开　　本：880mm×1270mm　1/32
字　　数：132 千字
印　　张：7
版　　次：2018 年 12 月第 1 版
印　　次：2019 年 3 月第 2 次印刷
书　　号：ISBN 978-7-5404-8813-0
定　　价：42.00 元

若有质量问题，请致电质量监督电话：010-59096394
团购电话：010-59320018